사는 게 쉽다면
아무도 꿈꾸지 않았을 거야

그림 그리는 열일곱 살 소녀, 25개국을 돌며 진행한 세계인의 꿈 인터뷰!

사는 게 쉽다면
아무도 꿈꾸지 않았을 거야

다인 글·그림

마음의숲

"꿈을 밀고 나가는 힘은 이성이 아니라 희망이며,
두뇌가 아니라 심장이다."

표도르 도스토옙스키

"당신의 꿈은 뭐예요?"

중학교를 졸업하고 17살에 이 질문과 함께 배낭을 메고 1년 동안 세계를 떠돌았다. 낯선 사람에게 다가가 꿈을 물으면 대부분 부끄러워하거나 난감해했다. 어린 나이에 모르는 이들에게 다가가는 일은 매번 두려웠다. 야단을 칠 것 같았고, 무시당할 것 같았다. 그런데 아니었다. 내가 꿈을 물으면 사람들은 잠시 잠깐 무거운 현실을 땅바닥에 내려놓고, 자신의 마음을 들여다보았다. 그런 다음 진짜 자신을 소개하기 시작했다. "내 꿈은 말이야……."

꿈을 말할 때 사람들은 즐겁고 행복해 보였다. 그때마다 나는 사람들이 아주 오래전부터 누군가가 자신의 꿈을 물어봐주길 바랐는지도 모른다고 생각했다. 지금도 이 세계의 사람들은 저마다 다른 색깔의 꿈을 꾸면서 각자의 삶을 살아가고, 매 순간 새로운 도전을 해나간다.

사람들에게 꿈에 대해 질문하는 것은 나 스스로에게 꿈을 묻는 일이었다. 그렇게 낯선 세상을 떠돌며 내 꿈을 생각했다. 길바닥에 주저앉아 그림을 그렸고, 전 세계의 개와 고양이와 친구가 되었다. 하늘과 구름을 실컷 보았고, 온갖 사막과 바다를 만났다. 10명, 50명, 100명, 200명······ 사람들의 꿈이 쌓였다. 《사는 게 쉽다면 아무도 꿈꾸지 않았을 거야》에 그 이야기를 담았다.

　이 책이 꿈을 꾸는 모든 사람들에게 희망과 위로가 되었으면 좋겠다.

목차

EUROPE

01

사소하게
반복되는 행복이
꿈이 된다

두 사람과 하나의 꿈

이탈리아 트라파니의 안젤로 아저씨와 마리아 아줌마는 꼭 손을 잡고 다닌다. 경찰인 안젤로 아저씨는 마리아 아줌마와 높은 언덕 마을 에리체의 아름다운 성당에서 결혼식을 올렸다. 두 분은 트라파니를 구경시켜주겠다며 나를 바닷가 전망대로 데려갔다.

나는 두 분이 단골 빵집에서 사준 크로켓을 전망대에 서서 우물우물거리고 있었다. 안젤로 아저씨와 마리아 아줌마는 조용히 서로의 손을 잡고 바다를 바라보았다.

"우리들의 꿈은 함께 오랜 여행을 떠나는 거야. 인생에 남는 여행을."

마리아 아줌마가 말했다.

사랑하는 두 사람이 함께 꾸는 꿈이다.

인생에 제일 값진 일은 사랑하는 사람의 꿈이 되는 것이다.

골목은 꿈을 꾼다

모나코는 정말 작은 나라다. 손에 사탕을 한 움큼 쥐고 하나씩 까먹다 보면 다 돌아볼 수 있다. 게다가 억만장자들의 놀이터라고 불릴 만큼 땅값이 비싼 나라다.

나의 발걸음은 정겨운 올드타운으로 향한다. 아직 보지도 않았는데 어떻게 정겹냐고? 세계 어느 곳이나 올드타운은 정겨우니까. 그것은 겨울에 눈이 내리고 거북이가 거북이의 모습을 한 것과 똑같은 일이다. 거북이가 고릴라처럼 생기지는 않았을 테니까.

굽이굽이 흐르는 올드타운의 골목 풍경이란 파스텔톤의 예쁘고도 낡은 건물들이 좁은 길을 따라 늘어서고, 가지각색의 옷을 입은 사람들과 축구 클럽 티셔츠를 입고 자전거를 타는 아이들과 빵빵대는 오토바이와 집과 집 사이를 잇는 빨랫줄과 창문틀에 널린 살구색 담요가 있는 법이다.

이런 골목의 소소함과 풍요로움을 즐겨보지 못한다는 건 너무너무 애석한 일이다. 걸음이 자꾸만 느려진다. 한 골목에 서서는 빨랫줄에 널린 분홍색 빨래집게 숫자를 헤아린다. 또 다른 골목에서는 하늘색 덧창문과 예쁘게 식물들이 자라난 화분을 보며 시간을 보낸다.

그림자가 길어지는 저녁이 온다. 꼬부랑 할머니가 언덕을 올라가 고양이 밥을 챙겨준다. 두 손을 꼭 잡고 걸어가던 중년 부부가 느닷없이 키스를 한다. 골목은 늘 꿈을 꾼다. 이런 골목의 풍경을 어떻게 싫어할 수 있을까?

15

강아지 팔불출

이탈리아 시칠리아섬의 한적한 시골에 너무 오래 머물렀다. 풍부한 햇볕을 쬐며 자전거를 타고 돌아다니는 일도 즐겁지만 북적대는 도시가 그리웠다. 그렇게 시골 소녀는 활력을 찾아서 피렌체로 갔다. 피렌체는 그 이름이 뜻하는 '시골 소녀의 상경'이라는 단어에 부합하는 아름다운 도시이다.

아름답고 위대한 두오모 앞에서 루카 아저씨를 만났다. 그는 '볼로네즈'라는 종의 예쁘고 하얀 강아지를 안고 있었다.

"볼로냐에서 열리는 강아지 대회에 나가서 우승하는 게 내 꿈이자 목표야! 우리 강아지를 보렴, 너무 예쁘지 않니? 난 세계의 문화에 관심이 있어! 하지만 더 관심 있는 건 세계의 사람들이 이 귀여운 강아지를 좀 알아줬으면 하는 거야. 널리널리 우리 강아지가 예쁨 받았으면 좋겠어. 한번 안아볼래?"

루카 아저씨 옆에 있던 친구 마르코 아저씨가 어쩔 수 없다고 어깨를 으쓱거렸다.

"루카는 아내 자랑보다 강아지 자랑을 더 많이 해. 팔불출이 따로 없어."

나는 아무리 봐도 한국에 있는 우리집 강아지들이 더 예뻤지만 루카 아저씨의 즐거운 인생을 위해 입을 꾹 다물었다.

'강물의 여러 색깔'에서 온 심리학자

이탈리아 시칠리아섬의 팔레르모. 사람이 거의 오지 않는 허름한 호텔 카운터를 중남미 남자가 지키고 있다.

그는 조그마한 텔레비전을 보고 있다. 힘이 없는 초췌한 모습은 전쟁이 나서 고향이 사라지고, 덩달아 꿈마저도 산산조각난 사람처럼 보였다.

"파라과이에서 이탈리아로 온 지 5년이 지났어."

무덤덤하게 말한 리차드 아저씨의 이어지는 말에 나는 깜짝 놀랐다.

"알고 있니? 파라과이는 '강물의 여러 색깔'이란 뜻이란다."

'강물의 여러 색깔'이라니! 그는 너무 멋진 말을 가슴에 품고 있었다.

"그럼, 돈을 벌기 위해서 '강물의 여러 색깔'을 떠난 거예요?"

"맞아. '강물의 여러 색깔'은 지금 경제적 문제가 많거든. 아내와 두 아이를 데리고 이곳으로 왔단다. 디에고는 13살, 루카스는 7살이야. 지금은 두 가지 일을 하고 있어. 이곳 호텔과 콜센터에서 스페인어 담당으로 일하고 있지.”

“고국으로 돌아가고 싶지 않아요?”

“늘 그리운 곳이야. 하지만 이탈리아도 좋아. 돈 걱정 없이 가족과 함께할 수 있고, 가족을 행복하게 할 수 있다면 그보다 더 나은 곳은 없다고 생각해. 그래서 이탈리아가 아니라도 돈을 더 많이 벌 수 있는 곳이라면 어디든 갈 수 있단다.”

“‘강물의 여러 색깔’에서는 어떤 일을 했어요?”

“학생 때 수학을 굉장히 좋아해서 처음에는 전기 엔지니어가 되고 싶었지. 그러다 심리학을 배우게 되었단다. 사람들과 대화하고 그들의 이야기에 주의를 기울이고 감정을 교류하고 문제를 해결하는 멋진 학문이지. 당연히 심리학자를 꿈꾸게 되었지.”

“우와, 심리학이라니! 놀라워요. 사람의 마음을 공부하는 거잖아요.”

“나는 보기 좋게 꿈을 이뤘단다. 심리학자로서 자격증명서를 획득했거든!”

사는 동안 심리학자와 이야기를 나눠본 적이 있는지 스스로에게 물었다. 한 번도 없었다. 내 삶에 없던 특별한 순간이었다.

“정말 축하해요!”

동시에 리차드 아저씨가 앉아 있는 낡은 호텔 카운터를 확인했다. 심리학자와는 어울리지 않는 일자리였다.

　"그러나 심리학이 나와 가족을 배부르게 해주진 못했어. 당장 먹고사는 게 힘든 나라에서 심리학은 주목받지 못하니까. 그래서 일자리를 찾아 유럽으로 떠나온 거야."

　"여기서 심리학을 하면 어때요? '강물의 여러 색깔'에서는 돈을 벌지 못해도……."

　"아쉽지만, 이곳에서 나는 심리학자가 아니란다. 이탈리아에서는 '강물의 여러 색깔'의 자격 증명서를 인정해주지 않기 때문이지."

　리차드 아저씨는 아쉬워하는 나를 빤히 바라보며 쓴웃음을 지었다.

　"많은 꿈들은 자신의 의지만으로는 도달할 수 없단다. 여러 가지 면이 있어. 개인의 의지와 재능, 개인과 국가의 경제 수준 등이지. 예를 들면 유럽과 남미와 아프리카는, 또 각 대륙의 나라들마다 경제나 문화 수준은 굉장히 다르단다. 그런 것들이 꿈을 이루는 데 영향을 주는 거지. 어쨌든 먼저 자신의 정체성과 흥미에 맞는 일을 찾아내고, 노력을 통해서 자신의 가치를 높여야 한다고 생각해. 나는 심리학자가 되기 위해서 정말

많은 책을 읽었어. 40개에 이르는 과목이 있었는데 전공 서적이 하나씩만 있다고 쳐도 40개지. 정말 힘들었단다.”

‘많은 꿈들은 자신의 의지만으로는 도달할 수 없다.’ 나는 그 말을 곱씹었다. 눈물이 날 것 같았다.

“다른 나라에 가거나 몇 년 후의 미래에는 어떤 일을 하고 싶어요? 그러니까 5년 후쯤요.”

“가족을 위해 더 나은 직장에 다니고 있지 않을까?”

“원하시는 심리학 쪽의 일을 할 수도 있어요!”

리차드 아저씨는 이마를 긁적이며 어두운 표정으로 머리를 흔들었다.

“그러진 못할 거야. 이곳에서는 내가 더이상 심리학자가 아니니까. 심리학 일은 가족의 생활이 안정되고 나서 먼 미래에 충족시켜도 될 것 같아.”

저글링은 음악과 같아

100여 개의 섬과 그 사이를 흐르는 물길로 이뤄진 물의 도시 이탈리아 베니스. 선수船首와 선미船尾가 멋진 곡선으로 휘어진 곤돌라의 뱃사공이 손을 흔든다.

하필이면 도착하는 순간을 기다렸다는 듯 폭우가 쏟아졌다. 급기야 홍수가 나서 도시 곳곳이 물에 잠기기 시작했다.

'이거이거, 내 등장을 축하한다는 뜻인가?'

어느 아침, 섬에서 섬으로 이동하기 위해 항구로 향했다. 항구에는 무섭게 생긴 남자가 종말을 알리기라도 하는 듯 우두커니 서 있었다. 태어나서 처음 볼 만큼 엄청나게 키가 큰 그는 검정 가죽 재킷과 검정색 바지를 입고 있었다.

'가면 축제를 위해 발에 가짜 나무다리를 달았나?'

"나는 베니스의 지텔리라는 동네에서 태어나 그곳에서만 살아왔어. 어릴 때부터 저글러가 되는 게 목표였

어. 13살부터 저글링을 시작했단다. 지금은 길에서 저글링을 하며 살고 있어. 비록 돈은 많이 벌지 못하지만 꿈을 이룬 거지."

라이언 오빠가 말했다. 그런데 공을 교차하며 주고받는 게 도대체 뭐가 즐거운 거지?

"저글링의 매력은 뭐예요?"

기분이 상하지 않도록 단어를 잘 선택해서 물었다.

"저글링은 마치 음악과 같아. 저글링을 하다 보면 음악을 듣는 것처럼 모든 아픔으로부터 치유가 되는 느낌이야. 구경꾼들만이 아니라 나 역시도 그런 면에서 명상과도 닮았지. 저글링은 내 삶을 즐겁게 해주는 가장 큰 요소야."

와아, 하고 속으로 정말 놀랐다. 공 던지기가 음악을 연주하는 것이고, 정신을 수양하는 것이라니!

라이언 오빠는 뿌듯해하면서 말을 잇는다.

"앞으로 5년 뒤에는 이탈리아의 여러 도시를 여행하며 학생들에게 저글링을 가르쳐주고 싶어. 이렇게나 재미있고 삶에 활력을 주는 일을 널리널리 알리는 건 나의 의무니까."

라이언 오빠의 모습이 반짝반짝 빛났다. 아이들에게 저글링을 가르치는 미래의 그가 떠올랐다. 나까지 마음이 두근두근 설렌다. 섬으로 가는 배에서 이탈리아 민요 〈베니스의 축제〉가 울려퍼진다. 비가 와도 베니스는 축제 같은 도시다.

마르살라의 할아버지들

　이탈리아 마르살라. 오늘도 마르살라 할아버지들은 꿈을 가지고 산다. 내일 카페에 앉아 친구를 만나고, 마트 전단지를 보면서 세상사를 얘기하는 꿈이다.
　사소하게 반복되는 행복이 꿈이 된다.

*비밀이지만, 다리오 할아버지는 친구 마티가 자기 말에 딴지를 걸 때는 정말 짜증이 치민다고 한다.

교도관 애나 할머니의 비행기 없는 여행

라트비아의 수도 리가. 저렴한 테디베어호스텔 주방에서 미국 플로리다 위쪽 해변 마을 출신인 애나 할머니가 손수건에 싼 땅콩버터병을 열었다.

고향에서 가져온 3병 중에서 마지막 병이다. 그녀는 30년 동안 교도관으로 일한 탓인지 표정은 천둥처럼 무섭고, 말투는 딱딱 끊어서 강하게 말한다. 은퇴 후 그녀는 문득 빠르고 편리한 비행기 없이 여행을 떠나면 어떨까 생각했다고 한다.

비가 오는 날이었다. 충동적인 선택을 해본 적이 없던 애나 할머니는 두려웠지만 더 늦기 전에 집을 나섰다. 그때부터 매해 집을 떠나 늙고 미숙한 모험가가 되어 비행기 없는 여행을 떠난다.

"한국에서도 50일 동안 있었단다. 서울, 부산, 제주, 안동, 경주, 광주 등을 가봤지. 이번에는 150일의 대장정이야. 비행기를 타지 않으니까 정말 많은 도시를 거쳐야 해."

애나 할머니는 리가에 6일째 머물고 있는데, 빌리우

스로 버스를 타고 가서, 낯선 도시들을 거쳐 파리로, 파리에서 다시 스페인으로 간 다음 집으로 가는 배를 탈 예정이다. 그녀는 배에서 온갖 어드벤처를 겪었다. 블라디보스토크에서 서울로 갈 때는 한밤에 술 취한 러시아 남성이 자기가 친구를 갑판에서 배 밖으로 밀었다고 하는 바람에 운항이 6시간 30분이나 지연되는 일도 있었단다.

"술 취해서 거짓 소동을 벌인 거였어. 항구에 도착해서 경찰과 군인 들이 그의 손을 묶고 끌고 갔지."

애나 할머니는 매해 생일이 오기 전 미국을 떠난다. 재작년 생일에는 중국 마카오의 야경과 야외 콘서트와 불꽃놀이를 보았다. 작년 10월 3일에는 배를 타고 있었는데 정전이 되어 촛불 하나에 의지하고 있었다. 그때 선원들이 찾아와 생일을 축하해주며 와인을 따라주었다.

"난 굉장히 엄하고 무뚝뚝하고 남의 말을 잘 듣지 못하는 사람이었지."

애나 할머니가 먼 얘기처럼 말했다.

"지금도 말하지 않으면 무서워요."

나는 솔직하게 대꾸했다.

"이런! 노래라도 흥얼거리고 다녀야 할까?"

애나 할머니가 무서운 얼굴로 웃었다.

나는 그녀에게 말을 걸길 잘했다고 스스로를 칭찬했다. 아니었다면 이렇게 멋진 모험가의 이야기를 들을 수 없었을 테니까. 사실 말을 걸지 않을 수가 없었다. 이런 저렴한 호스텔에서 63세의 할머니가 홀로 식사를 하는 것부터가 특별하니까. 벌에 물려 검게 부은 검지를 소금물로 소독하고, 길을 가다 넘어져 찢어진 무릎 때문에 어정쩡한 걸음으로 돌아다니는 것도.

무릎이 늘어난 선분홍색 트레이닝복에 자주색 후드 집업을 걸친 63세의 애나 할머니가 식빵을 다 먹고 땅콩버터병의 뚜껑을 닫았다. 동화책 속 모험가처럼 할머니의 눈동자가 반짝 빛났다.

거인의 집과 요정의 숲

러시아 상트페테르부르크. 바쁘게 움직이는 무표정한 사람들, 먼지 한 톨 없는 큰길, 공기가 멈춘 듯 고요한 골목길은 따분했다. 높고 고풍스러운 건물들조차 잔뜩 낀 먹구름 아래서는 우울한 거인의 집 같다. 터덜터덜 낡은 게스트하우스의 도미토리로 들어가 눈을 감는다.

'상트페테르부르크는 심심한 도시야.'

다음 날, 게스트하우스 부엌에서 헐렁한 청바지에 깨끗하게 다린 검은 셔츠를 입은 언니가 다정하게 미소를 지었다.

"난 악사나야. 음, 러시아 서쪽의 아주 작은 마을에서 태어났어. 나는 내가 보지 못한 세계에서, 음······. 우리 부모님이, 우리 할머니 할아버지가, 내 친구들이 보지 못한 세계에서 살아보고 싶었어. 뭐, 그랬어."

베이지빛 짧은 머리칼의 악사나 언니가 수줍음에 가득 차서 우물우물거리는 게 정말 예뻤다.

"내가 아는 사람들이 가보지 못한 그런 곳 말이야.

"지도에선 잘 안 보이지만 이쯤이야."

"헉! 이렇게나 작은 마을에서 왔구나."

음, 그래서 전 세계를 여행하는 게 꿈인데…….”

악사나 언니는 캄차카 등 러시아 4개 주의 작은 도시를 옮겨다니며 살았다. 그러면서 근처의 다른 도시들을 탐험했다.

“재미있는 일도 많았겠어요?”

“음…… 나는 여행하면서 길을 참 많이 잃었어. 그래서 히치하이킹을 정말 많이 해야 했지. 반대로 여행길에서 만난 사람들에게 길을 잘못 알려줘서 그들이 곤란해진 적도 있어. 음…… 한번은 보트를 얻어 타고 호수를 건너면서 중간중간 수영도 했지. 그리고 보트에서 내렸는데 도대체 여기가 어디인지, 동서남북 어디로 가야 할지 모르겠더라고. 휴~ 세상을 탐험한다는 건 정말 흥미진진한 일이야. 음…… 그래도 아직 멀었어. 에휴…… 러시아만 해도 아주 크거든. 하지만 계속 여행을 하고 싶어.”

악사나 언니는 벽에 걸린 지도에서 자신이 살았던 도시들을 짚어나가며 조용조용 작은 도시들의 작은 이야기들을 들려주었다. 어떤 영화나 책에서 느낀 것보다 생생한 모험심으로 심장이 뛰었다.

“지금은 상트페테르부르크에 잠깐 머물고 있어. 아름답고 구경거리가 정말 많은 도시야. 음…… 가끔 너무 좁은 지역에 많은 사람들이 살아서 진절머리가 날 때도 있지만 말이야. 나는 꿈은 바람 같다고 생각해. 언제든지 다시 생기고, 또 언제든지 사라질 수 있으니까. 그래서 꿈을 이루기 위해 가장 필요한 건 스스로 나는 꿈을 꾸는 사람이다, 라고 기억하고 있는 태도가 아닐까?"

"나는 꿈을 꾸는 사람이다! 정말 중요한 말이네요."

잼 바른 식빵과 오렌지주스로 아침을 먹고, 게스트하우스를 나섰다. 상트페테르부르크는 더이상 우울해 보이지 않았다. 새파랗게 높은 하늘 아래서 건물들은 저마다의 색채로 반짝반짝 빛났다. 꼭 요정의 집 같았다. 그리고 눈앞에 너무나 아름다운 상트페테르부르크가 요정의 숲처럼 펼쳐졌다.

기도하는 언니

상트페테르부르크. 성가대의 저음이 울려퍼지는 작고 외진 어느 성당에 들어갔다. 러시아의 성당은 높고 아름다웠다. 내가 신이라면 한 달씩 돌아가면서 살면 좋을 것 같은 멋진 곳들이다.

나 혼자뿐인 성당에 동네 언니가 나타났다. 고개를 숙여 기도를 한다. 숙연하고 정성스러운 모습에 탄성이 나왔다.

"신께서 당신이 바라는 것을 이뤄지게 할 거예요."

나는 그녀의 고개 숙인 뒷모습을 보며 속삭였다.

신이 있다면 그러지 않을 수 없을 것 같았다. 정성이란 것은 뽐내지 않아도 다 느껴지는 것이다. 동네 언니는 경건하게 성모마리아와 아기 예수의 액자에 입을 맞춘다.

고리키 공원의 두 할머니

러시아 모스크바 고리키 공원의 벤치에 앉아 노트를 펼치고 지나가는 사람들을 관찰한다. 하늘 끝에 닿을 만큼 큰 나무들 사이로 오가는 모스크바 사람들은 모스크바 나무처럼 키가 크다.

나처럼 말없이 사람들을 구경하던 옆 벤치의 할머니들이 나를 힐끗힐끗 보며 대화를 나누기 시작한다. 아마도 이런 대화겠지?

'저, 소녀는 뭐 하는 걸까?'

'글쎄, 우리를 그리는 거 같아.'

'이럴 줄 알았으면, 예쁜 옷을 입을걸 그랬어. 어제는 예쁜 원피스를 입었었는데.'

'그러게. 나도 손녀 바실리사가 사준 모자를 쓸걸.'

할머니와 눈이 마주치는 순간, 먼저 인사를 건넸다.

"안녕하세요."

눈가의 주름살이 부채처럼 펴지면서 할머니들 얼굴에 미소가 번진다.

"그래 안녕!"

말문이 트이자, 등이 굽은 할머니들이 한 손에는 지팡이를 짚고, 한 손은 뒷짐을 지고 내 쪽으로 다가온다. 이어서 소피아 할머니와 안나 할머니의 질문 공세가 시작되었다. 땀을 뻘뻘 흘리며 대답을 하다가 나도

"저 친구는 뭐 하는 걸까?"

"그림 그리는 것 같아."

할머니들께 꿈이 뭐냐고 질문을 던졌다.

"꿈이 뭐냐고? 정말 몇십 년 만에 그런 질문을 받는구나. 꼬부랑 할머니라고 꿈이 없는 건 아니지, 암. 내 꿈은 손자 이반이 제 엄마 말 좀 잘 듣는 거야. 못된 당나귀처럼 늘 말썽만 부리거든. 또 안나와 이렇게 매일 사이좋게 지냈으면 좋겠어."

소피아가 안나의 팔을 톡톡 쳤다.

"나는 철없는 우리 영감이 정신을 차렸으면 좋겠어. 아직도 옷을 옷걸이에 걸지 않고 바닥에 던진다니까! 신발도 구겨 신고! 또 소피아와 여기서 매일같이 놀았으면 좋겠어. 소피아가 없으면 나는 혼자라니까."

"할아버지가 있다면서요?"

"영감은 무슨! 철없는 강아지라니까!"

할머니들은 나와 만난 게 기쁘다며 미소를 짓고 내 손을 잡고 토닥여준 후, 벤치로 되돌아갔다.

우리는 다시 조용한 침묵 속에서 사람 구경을 이어나갔다. 어쩐지 할머니들과 계속해서 더 가까워지고 있는 느낌이 든다. 할머니들도 그런 걸까? 슬쩍 나를 보면서 미소를 던진다. 순간, 그 이유가 우리가 같은 것을 바라보고 있기 때문이라는 걸 깨닫는다.

같은 대상을 보는 것만으로도 우리는 점점 가까워지고 친구가 될 수 있다. 만약 누군가와 진정한 친구가 되고 싶다면, 그가 바라보는 것을 함께 바라보는 일부터 시작하면 좋을 것 같다.

꿈의 가치는 내가 찾아내는 거야

러시아 상트페테르부르크에서 만난 캐롤라인 언니는 러시아 만화책 《마녀》를 읽고 있었다. 5명의 평범한 소녀들이 자신이 마녀라는 것을 깨달으면서 펼쳐지는 이야기다.

"내 고향 하노버는 독일에서 가장 초록색이 많은 동네란다. 아름다운 숲들이 많고 새벽 공기가 맑은 곳이지. 나는 만화가가 꿈이야. 처음 좋아했던 만화는 당연히 일본만화였어. 특히 유키 카오리의 《천사금렵구》에 빠져 있었지. 그림체가 너무 아름다워. 만화는 나를 긍정적으로 변화시켰어. 여러 나라의 만화를 보면서 세계의 다양한 언어를 배우고 습득했지. 또 자연스레 역사와 문화도 공부하게 되었어. 만화 속에는 역사를 배경으로 한 이야기가 많으니까. 내 나라 독일의 역사도 공부하게 되었고, 러시아에 온 것도 슬라브 문화에 대한 관심에서 출발했지. 꿈을 찾기 위해선 먼저 내가 가고자 하는 방향을 깊이 고민해서 정해야 해. 그렇게 꿈을 찾았으면 절대 포기하면 안 돼!"

　캐롤라인 언니는 언어와 문화에 대한 공부를 하며 그와 관련된 직업을 가질 계획이다. 명확한 직업을 통해 생활에 부담을 덜어내고 틈틈이 좋아하는 만화를 그리고 싶다고 한다. 돈을 버는 만화가가 아니라, 꿈을 좇는 만화가가 되고 싶은 것이다. 언니는 의사인 엄마가 자신의 꿈을 응원해줘서 큰 행운이라고 했다. 독일에서는 부모님이 의사면 자식도 의사가 되는 경우가 흔하기 때문이었다.

"시대에 따라 세상은 달라지는 거니까. 우리 할머니는 가족과 함께 지내고, 주방에서 음식을 만들어내는 것에 가치를 두시지. 하지만 엄마는 이혼을 하고 바깥에서 일을 하잖아. 나는 또 엄마와 달리 의사의 길 대신 예술가의 길을 선택했고. 결국 가치는 내가 찾아내는 거야. 하여튼 엄마와 여행을 온 건 정말 좋은 선택이었어. 여행 중에 즐겁게 서로를 알아가고 있으니까."

마침 캐롤라인 언니의 엄마가 커피 두 잔을 들고 나타났다. 둘은 나란히 앉아서 미소를 지으며 커피를 마신다. 어떤 가치를 가졌느냐보다 더 중요한 것이 있다. 나와 다른 가치를 열린 마음으로 받아들이고, 존중하는 태도다.

하늘의 별따기보다 어려워!

　사람들의 평범한 삶이 보석처럼 반짝거리는 골목을 걷다 보면 나도 모르게 많은 장면들을 상상하게 된다.
　'저 예쁜 창 아래서는 곱슬머리 남자애가 사랑의 노래를 불렀겠지.'
　'회색 카디건을 걸친 저 할머니는 저 집 계단에 앉아 먼 곳에서 당나귀처럼 타박타박 걸어오는 손주들을, 혹은 그들의 편지를 기다리고 있는지도 몰라.'
　'골목 앞의 포플러나무는 이 골목에서 제일 말썽쟁이가 누군지, 제일 착한 소녀가 누군지 다 알고 있을걸!'
　이런 상상만으로도 골목은 즐거움으로 채워진다.
　프랑스 나르본, 오후 5시. 배 바지를 입은 배불뚝이 아저씨들이 이웃에게 작별 인사를 하며 상점 셔터를 내린다. 한순간 고요해진 골목, 노란색 담장들은 지는 햇빛을 받아 더 포근하고 신비롭다. 나는 장롱 안에서 비밀 통로를 발견한 소녀처럼 호기심에 가득 차 나르본의 골목길 구석구석을 걷는다.
　"미야옹~"

2층 창에 널린 빨래 밑을 지나가는데, 하얀 고양이가 가르릉거리며 나를 불러세운다.

"미야옹~"

나도 고개를 쳐들고 따라서 울었다. 그때, 불쑥 집주인 할머니와 손녀가 나타나 손을 흔든다.

"봉주르~"

"우리 고양이 찍고 싶니?"

할머니가 내 목에 걸린 카메라를 보더니 물었다.

"네."

"자, 잘 찍으렴."

할머니는 탁 고양이의 앞발을 잡더니 나를 향해 흔들어 준다.

"봉주르~"

"봉주르 야옹아!"

고양이 대신 할머니가 인사를 하고, 나도 따라 인사를 한다. 상점들이 문을 닫은 고요한 골목길에 생기가 돌기 시작한다.

"할머니네 고양이 이름이 뭐예요?"

"이자벨이란다."

"혹시 이자벨의 꿈을 알아요?"

할머니가 이자벨의 앞발을 다시 잡더니 이번에는 아래위로 움직이며 대답한다.

"난 모르는데? 직접 물어보렴."

'고양이 이자벨아, 네 꿈은 뭐야?'

'이 노인네가 내 발을 쥐고 멋대로 하지 않는 거!'

'보아하니, 어렵겠는걸.'

'하늘의 별 따기보다 더 어렵겠지! 아마, 무지 어려울 거야.'

"이야옹~"

이자벨이 울었다.

배 바지 아저씨들의 셔터 내리기, 창문 아래로 휘날리는 빨랫감, 미야옹, 하고 나를 부른 하얀 고양이 이자벨, 고양이의 앞발을 잡고 흔들어주는 할머니와 손녀…….

골목은 세상의 작고 소중한 순간들을 선물한다. 모든 풍경이 하나하나의 보석이다. 그리고 언젠가 지금의 보석이 사라지면 또 다른 보석이 마법처럼 생겨나 다른 빛깔로 반짝일 것이다. 그러니까, 골목은 분명 마법을 부릴 줄 아는 것이다.

나를 즐겁게 해주니까 내 꿈이 된 거야!

20여 명의 10대 사춘기 소녀들이 종이와 나무판자를 들고 프랑스 아비뇽 거리를 활보하고 다닌다. 휴대폰으로 셀카를 찍고 머리에 반다나를 두르고 짧은 핫팬츠를 입고 친구들과 즐겁게 떠들어댄다. 화려하지 않은 아비뇽 시가지가 불꽃이 연달아 터진 것처럼 화사하다.

아니, 저 소녀들은 도대체 무슨 시위를 하고 있는 걸까? 총총총 뛰어가서 보니 종이에는 '프리허그 하세요!'라고 적혀 있고, 판자에는 세계적인 영국 팝 보이밴드 '원 디렉션One Direction'의 포스터가 붙어 있다. 소녀들은 아비뇽 거리를 돌아다니며 프리허그를 해주고 있었던 것이다. 지나가는 사람들이 허그를 받고 즐거워한다. 나도 다가가 샬롯을 꼭 껴안았다.

"우리는 원 디렉션의 팬들이야."

샬롯이 말했다.

"얼마 전 원 디렉션이 프리허그를 했거든."

"팬으로서 우리도 사랑을 전파하려고 거리로 나왔어."

제인과 아만다가 차례로 말했다.

샬롯의 꿈은 원 디렉션을 만나는 것이고, 제인의 꿈은 그들의 콘서트에 가는 것이고, 아만다의 꿈은 멤버 중 한 명인 해리 스타일스와 허그를 하는 것이다. 다들 10대 소녀들답게 동경하는 그룹에 흠뻑 빠져 있다.

"나를 즐겁게 해주니까 내 꿈이 되는 거야."

샬롯이 자랑스럽게 말했다.

나도 소녀들의 프리허그 대열에 합류하기로 했다.

"프리허그 해드려요!"

우리는 함께 동네가 떠나가라 소리를 지르며 다녔고, 헤어질 때는 사진을 찍고, SNS 계정 주소를 나누었다.

숙소로 가면서 또 한 번 깨닫는다. 꿈은 언제나 즐거움을 바라는 소박한 마음에서 시작한다는 걸. 그러면서 잠들기 전에 나를 행복하게 만드는 것들의 목록을 뽑아봐야겠다고 생각했다. 그 속에 틀림없이 내 꿈이 있을 테니까.

FREE HUG

보니유는 나의 꿈

프랑스 남동부의 작은 도시 보니유는 이상하리만큼 조용하다. 점심인데도 햇살을 즐기러 거리로 나오는 사람이 거의 없다. 그늘진 구석까지 햇살의 따뜻한 손길이 닿아서일까?

텅 빈 거리를 돌아다녀본다. 화려하고 예쁜 꽃들과 현관 앞의 바구니에 담긴 나무들에게 말을 걸었다. 드디어 사람이 보인다. 안경을 쓴 금발의 프랑스 남자다.

"안녕하세요, 혹시 이 동네에 특별한 볼거리가 있어요? 제 지도에는 보니유가 잘 나와 있지 않아요."

"작은 마을이라서 그래요. 지금 와이프와 마트에 갔다가 돌아오는 길인데 동네 구경 시켜드릴까요?" 토마 오빠가 웃으면서 이어 말했다. "사실 여긴 너무 작아서 볼 건 딱히 없지만요."

곧 토마 오빠는 아내인 쉐하이진 언니를 데리고 왔다. 검은 생머리의 언니는 파리에서도 보지 못한 세련된 파리지앵의 모습이었다.

토마 오빠는 마을 꼭대기로 차를 몰았다(가는 길에 쉐

하이진 언니가 값싸고 맛있는 피자집을 알려주었다). 나는 두 사람이 어렸을 때 무슨 꿈을 꿨냐고 물었다.

"글, 글쎄……."

"아아! 벌써 꽤 오래전이네."

오빠와 언니는 프랑스어로 한참을 대화하며 고민에 빠졌다. 그동안 차는 보니유마을 꼭대기에 올라섰다.

차에서 내린 토마 오빠가 문득 감동했다.

"아아, 그래! 이 풍경! 이게 내 꿈이었어. 나는 원래 파리의 금융업계에서 일하는 비즈니스맨이었어. 하지만 아내를 만나고 딸을 낳으니 더이상 도시에서 살고 싶지 않았지. 어릴 때부터 이렇게 한적한 시골에 내려와 사는 것이 꿈이었지만 파리는 너무나 바쁜 곳이었지. 어릴 때부터 나는 조용한 곳에서 삶을 돌아보기도 하며 느긋하게 살고 싶었어. 부모님이 나를 작은 마을에서 여유를 가지고 키웠듯이, 나도 나의 가정을 그렇게 이루고 싶었지."

"그럼 오빠는 꿈을 이뤘네요!"

"그렇지. 여기가 내 꿈이었어. 보니유는 차만 있다면 살기에 꽤 괜찮은 곳이거든."

우리는 높은 언덕 위에 서서 마을 안 붉은색 지붕을 가진 집과 예쁜 길들을 내려다봤다. 작은 골목 사이로 하나둘 사람들이 나타나고 사라진다. 현관 앞의 나뭇

잎들을 비질하는 아이가 보인다. 미로 같은 마을에는 사람들이 숨쉬며 작은 일들을 해나가고 있다.

길 위에 있을 때는 사람들이 거의 보이지 않았지만 꼭대기에 오르니 아주 잘 보인다.

사람을 잘 보려면 좀 멀리 있어야 하나 보다.

니스 할머니, 방스 할아버지

햇살 잔뜩 내리쬐는 오후 2시의 프랑스 니스. 신문지 고깔모자를 쓰고 깔깔깔 웃는 할머니들을 보았다.

며칠 후, 해가 떨어지는 오후 5시의 방스. 할아버지들과 공치기 놀이를 했다.

언젠가 돌아보면 꿈 같아서 부르르 떨릴 게 틀림없다. 지금은 매일매일이 꿈이라서 오히려 평범하게만 느껴지는 건지도 모른다.

골든 리트리버 음향 기사

"골든 리트리버 같아. 킥킥."

스페인 마드리드에서 뽀글뽀글하고 가는 머리카락에 해맑은 인상을 지닌 알바로 오빠를 보자마자 나는 웃음을 터뜨렸다. 31살인 그의 직업은 음향 기사. 스페인 곳곳의 국제적인 축제에서 기업이나 밴드와 일한다.

"이 일이야말로 내가 진정으로 좋아하는 일이라고. 21살 때부터 음향 기사를 꿈꾸면서 대학 공부를 시작했지. 이번 주말에는 발렌시아에서 아주 큰 축제가 열리는데 스페인의 유명 밴드가 총집합해. 나는 그 밴드를 위해 음향을 조절하고, 각 밴드의 교체 시간에 악기들과 모든 선들을 정리하지. 고작 30분 안에 말이야! 그리고 공연 도중에는 틈틈이 이렇게 눈을 감고는 하지."

"음악을 더 잘 듣기 위해서요?"

"그것도 있지만 밴드들의 다양한 악기 소리를 머릿속에서 섞어 재창조하는 거야."

"새로운 음악을 만드는 거로군요?"

"시_{sí}(그래)! 내 몸속에는 항상 리듬이 살아서 춤을 추

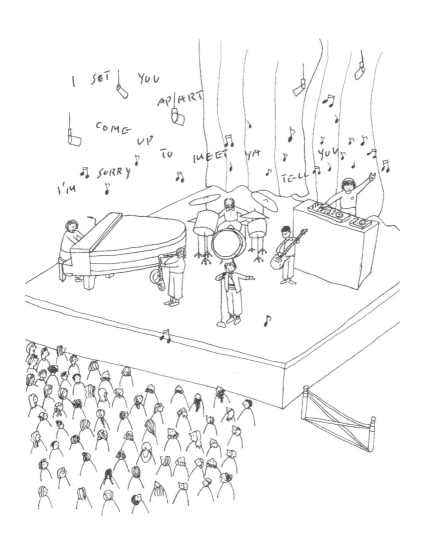

고 있으니까."

"내 안에도 음악이 조금쯤은 있어요!"

음악을 사랑하는 나는 자랑스럽게 말했다.

"오~ 멋져! 한 가지 더 말해주자면 나는 세계적으로 유명한 음향 회사의 한 남자를 아는데, 그는 음향에 대해 모르는 게 없단다. 내 영원한 멘토 같은 사람이지. 그를 볼 때마다 영감과 에너지를 얻거든."

"나의 멘토는 주변의 모든 사람들이에요. 다 배울 점이 있거든요."

"그거 멋진 말이구나. 하지만 내 친구 휴고는 아닐 거야. 그 녀석한테 배울 만한 건 이미 10년 전에 사라졌거든. 오! 안타까운 휴고!"

"하하하."

알바로 오빠는 흥이 많고 즐거운 사람이었다. 대화 도중 그는 불현듯 색소폰 연주 흉내를 냈다.

"사실 나는 뮤지션이기도 해. 색소폰을 부는 멋쟁이 뮤지션."

알바로 오빠의 연주를 상상했다. 그의 몸안에서 흐르는 리듬은 즐겁지만 진지할 것 같다.

"아쉽지만, 난 이제 가야 해요."

"이런! 헤어질 때 스페인에서는 볼을 맞대고 인사를 해. 한국에서는 어떻게 하니?"

"우리는 '잘 가'라고 말해요."

"잘 가~"

알바로 오빠는 서툰 발음으로 내 앞길에 행운을 빌어주었다. 나 또한 오빠에게 볼 키스를 했다.

많이 웃고 사는 게 최고야!

스페인의 론다는 아찔한 절벽 위에 세워진 아슬아슬한 마을이다. 나란히 줄지어 있는 하얀 집들이 나를 반겨주었다.

협곡을 잇는 누에보 다리에서 석양의 풍경을 감상하고 있는데, 가만히 서 있는 내가 이상한지 길고양이, 아니 '협곡 고양이'가 빤히 나를 쳐다본다.

어둑어둑 해가 저무는 시간, 구시가지 쪽으로 걸어간다.

세르지오 할아버지와 호세피나 할머니가 손을 딱 잡고 금슬을 과시하며 걷고 있다.

"글쎄다, 우리의 꿈은 많이 웃고 사는 거지. 예전에는 아주 크고 대단한 꿈을 꾼 적도 있지만 이제는 아니란다. 그저 남은 시간 동안 많이 웃고 살고 싶단다. 그게 최고야!"

길을 걷는다. 노란 가로등이 켜지면서 골목들을 아름답게 비춘다. 골목마다 하나씩 달이 뜬 것 같다. 한 골목의 2층 테라스에서 오빠와 여동생이 쏙 얼굴 내밀

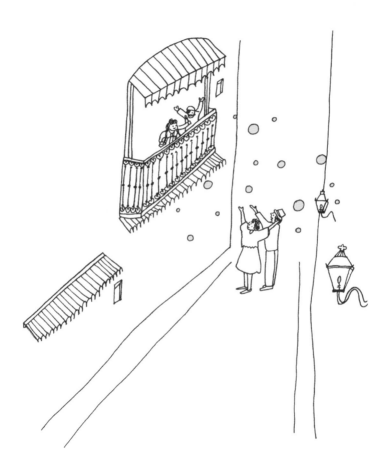

고 후~ 후~ 하고 비눗방울을 분다. 비눗방울은 물고기들처럼 노란 가로등 불빛 속을 헤엄쳐 골목으로 퍼져 나간다. 마침 골목 입구에 세르지오 할아버지와 호세피나 할머니가 나타났다.

"이야, 우리 또 만났네요!"

"오오, 정말 반갑구나!"

세르지오 할아버지가 손을 들고 웃는데, 아이들이 선물한 비눗방울이 두 분 앞까지 헤엄쳐왔다. 그들은 톡톡 손가락으로 비눗방울을 터뜨린다.

"까르르르!"

베란다의 아이들이 기분 좋게 웃는다. 세르지오 할아버지와 호세피나 할머니의 주름진 얼굴도 달빛처럼 환해진다.

아이들은 뒤질세라 다시 비눗방울을 만들어낸다. 두 분은 어깨를 까닥이며 지지 않겠다고 다시 비눗방울을 터뜨린다. 골목길이 웃음으로 가득 찬다.

애나마야 아줌마의 맛있는 코코아

9월. 핀란드 소도시 투르쿠 외곽의 시골. 가정집 겸 게스트하우스를 발견했다. 멋진 하늘색 3층집이다. 지하에 후끈후끈 사우나도 있다.

이틀째, 이 집 아들인 중학생 올리버를 도와 가구를 칠했다. 그리고 오후 2시. 주인장 애나마야 아줌마와 빈티지한 갈색 소파에 마주앉아 코코아를 마신다. 티파니 블루 색깔의 반팔을 입은 애나마야는 미소가 아름답다. 따뜻한 햇살이 거실을 노랗게 물들였다.

"핀란드에서 태어나 쭉 살다가, 그린란드로 가서 10년 있었어. 2000년에 돌아왔단다."

"그린란드라니! 상상도 못 해본 동네예요."

"여러모로 특별한 곳이야. 무엇보다 날씨가 굉장하지. 핀란드보다 훨씬 춥거든! 나무도 못 자랄 정도니까. 하지만 머물러 살다 보면 사람들은 비슷해져. 친구가 생기고 사랑을 찾고 가족을 만들지."

무작정 그린란드 사람을 상상해본다. 친구를 만들고 결혼을 해 가정을 꾸린, 내가 모르는 그린란드 사람을.

한 번도 만나본 적은 없지만 가슴이 따뜻해진다.

"으~ 정말 춥겠어요. 추운 건 질색인데! 사실 핀란드도 추운 나라라서 여행하기 망설여졌어요."

"나도 핀란드의 겨울을 좋아하지는 않아. 반대로 우리 아들은 스키를 좋아해서 눈이 오기만을 내내 기다리더라. 사실 기분을 좌우하는 건 추위가 아니라 어둠이야. 겨울의 핀란드는 굉장히 어두워지기 때문에 사람을 우울하게 만들지. 하지만 핀란드에서 살아가려면 감수해야만 해."

'추위가 아니라 어둠이다.' 나는 속으로 되뇌었다. 그리고 살아가려면 감수해야만 한다는 말도.

영어 선생님이었던 애나마야 아줌마는 2년 전, 이 집을 구입해 게스트하우스 주인장이 되었다. 청소년들을 가르치는 일과 세계 여러 나라 사람들을 만나는 일, 둘 다 즐거웠다. 하지만 점점 바쁜 일상에 지쳐갔고 선택의 시간이 왔다. 그녀는 게스트하우스를 선택했다. 가르치는 일이 싫었기 때문이 아니라 이 집을 사랑하기 때문이었다.

"이 집이 정말 마음에 든단다. 사람들을 만나는 기쁨도 있지만, 더 좋은 건 풍경이야. 주변의 나무들이 일렬로 서 있는 것도 멋있고, 공원도 참 좋아. 그래서 지

금은 이 집을 돌보는 일에만 집중한단다."

"맞아요. 욕심을 부렸으면, 지하의 훌륭한 사우나를 즐길 시간도 없었을 거예요!"

"하하. 바로 그렇지!"

"어릴 때는 어떤 꿈을 꾸셨어요? 예를 들면, 16살쯤에요."

"오, 디어! 내가 그렇게 어린 적이 있었나? 믿어지지 않는군. 예전의 핀란드는 지금과 굉장히 달랐어. 나는 16살 때 외국인과 결혼하고 싶다는 낭만을 가지고 있었지. 다른 나라 사람하고 살아가는 것은 어떨까? 나와 다른 문화를 가진 그 사람은 무슨 재미있는 이야기를 들려줄까? 두근두근 설렜거든. 또 아이들이 태어나면 여러 나라의 언어를 사용할 수 있어서 좋겠다고 혼자서 상상했었지."

"지금 남편 분은요?"

"우리 남편은 덴마크 사람이야. 코펜하겐에서 공부하는 딸은 22살이고 3개 국어를 사용하지. 어머나, 그러고 보니 나는 어릴 때의 꿈을 이룬 거네!"

따뜻하고 밝은 거실에서 우리의 소곤소곤 대화는 계속 이어졌다. 애나마야 아줌마는 핀란드 교육에 대해서도 이야기했다.

"나는 굉장히 평범한 옛날 핀란드 세대야. 그래서 일반적인 핀란드 학교들을 나와 대학에서 영어를 전공하고, 영어 선생이 되었지. 나는 1980년대 사람인데, 그 당시 핀란드는 주로 경제 성장과 공평한 교육에 힘쓰고 있었어. 핀란드 교육의 가장 큰 장점은 공평함이라고 생각해. 예를 들면 장애가 있는 아이들에게 책, 행사비, 교육비, 교복비 등을 무료로 제공해 다른 사람과 공평하게 교육받을 수 있도록 노력하지. 반면에 내 생각으로는 한국처럼 똑똑한 학생들을 많이 배출하지는 못하는 거 같아. 하지만 뭐 상관없다고 생각해! 똑똑한 애들은 똑똑하기 때문에 자기 일을 알아서 한단 말이지!"

"바로 그래요!"

나는 소리쳐 호응한다.

시간이 따뜻한 햇살처럼 흐르고 교육에 대한 대화는 게스트하우스로 이어졌다.

"이 게스트하우스에는 세계의 여러 나라 사람들이 오기 때문에 특별한 일들이 많았단다. 정말 어이가 없는 사건도 가끔씩 일어나지. 한번은 인도와 방글라데시에서 온 남자들이 있었는데, 자신의 힘으로 한 번도 살아본 적이 없었던 사람들이었어. 도대체 어떻게 요리하고, 세탁을 해야 하는지, 기본적인 생활 상식이 하나도 없지 뭐니. 여기엔 그들의 엄마가 같이 따라온 게 아닌데 말이지! 심지어 주방 도구나 세탁기 같은 정말 기본적인 것도 뭐가 뭔지, 어떻게 써야 하는지도 모르더라고. 너무 신기했어.”

“세상에나, 그럴 수도 있군요.”

“게스트하우스에서는 다들 자기가 먹은 음식 접시는 자기가 닦잖아? 그런데 그 사람들은 그 일이 자신보다 하등한 사람이 해주는 거라고 생각했나 봐. 하루는 인도인 남자가 내게 와서 묻더군. ‘내가 정말로 내 접시를 닦아야 하나요?’ 정말 놀라운 경험이었어. 마치 마법처럼 어디서 펑, 하고 그릇이 씻겨 나오기를 기대했나 봐.”

“하하하. 정말 다양한 사람들이 찾아오는 놀라운 게스트하우스네요!”

“흠, 그게 내 게스트하우스의 매력이라니까!”

함께 신나게 웃은 후, 애나마야 아줌마는 코코아를 더 타주겠다면서 부엌으로 향했다.

째깍거리는 시계 소리가 울리는 고요한 거실에 홀로 앉아 생각한다. 꼭 꿈이 거창할 필요는 없다고. 돈을 많이 벌어서 요트를 사지 않아도, 세계에서 가장 유명한 과학자가 되지 않아도, 누구나 존경하는 저명한 의사가 되지 않아도 된다고.

꿈은 때로는 어린 마음의 사소한 궁금증에서 시작해 한 사람의 일생을 만든다. 인자한 미소를 가졌고, 맛있는 코코아를 타주는 애나마야 아줌마처럼.

노래하는 혁명

여기는 에스토니아의 타르투. 4일 동안 비가 오락가락이다. 한번은 잠깐 비가 멈춘 틈을 노려 외출을 했다가 홀딱 젖어버렸다. 찰랑찰랑 빗물이 넘치는 운동화 배를 타고 타르투의 거리를 항해한다.

5일째, 드디어 비가 그치고 해가 떴다. 사실 해는 늘 떠 있다. 다만 밤에는 다른 나라를 여행 중이고, 흐린 날에는 구름을 덮고 잠을 자서 보지 못했을 뿐이다. 만날 빛나고만 있으면 아무도 소중한지 모르니까.

햇볕에 돌벽의 물기가 사라지고, 붉은색 지붕들이 더 선명하게 빛난다. 옥외 카페로 몰려온 사람들도 신이 났다. 비가 올 때 집안에서 뒹굴거리는 것도 좋지만 아무래도 너무 오래 갇혀 있으면 따분한 법이다. 특히 두 다리가 심심하다고 자꾸 발가락을 꼼지락거린다.

빼빼 마른 검은 말이 끄는 붉은 마차와 자그마한 파란색 트램이 거리를 지나간다. 마을 광장 쪽에서 시끄러운 음악 소리가 울려퍼진다. 음악 소리에 홀려 다리가 멋대로 움직인다.

광장에서는 작은 콘서트가 열리고 있었다. 에스토니아와 라트비아, 리투아니아, 벨라루스 등 이웃나라에서 온 민족들이 모여서 '노래하는 혁명'이라는 이름의 합창제를 여는 것이다. 그들은 예전에 소련에 점령 당했을 때, 죽음을 불사하고 총을 드는 대신 노래를 불러 자유와 독립을

ESTONIAN UNION OF MINORITIES

쟁취했다. 노래로 꿈을 이룬 것이다.

세계지도에 동그라미를 쳐두기로 했다. '노래로 꿈을 이룬 나라'라고 써둬야지. 아마 총을 들었다면 자유를 얻지 못했을 것이다. 총보다 더 강한 무기는 많을 테니까. 하지만 노래는 공평하다. 노래는 다 똑같은 노래니까. 그래서 꿈꾸는 사람은 노래 몇 곡쯤은 멋들어지게 부를 줄 알아야 하는 법이다!

자유의 합창이 울려퍼진다. 즐거운 춤과 퍼포먼스가 마법의 융단처럼 펼쳐진다. 고깔모자 아저씨와 아줌마가 팔을 휘저으며 익살스러운 표정을 짓는다. 아이들까지 한 명 한 명 자기 민족의 특색 있고 격식 있는 전통 의상을 갖춰 입었다. 하늘색 바탕에 하얀 자수가 들어간 앞치마를 걸친 벨라루스 전통 의상이 너무 예뻐 자꾸만 쳐다보느라 눈이 빠질 것만 같다.

대축제다, 대축제야! 꿈을 이룬 사람들의 대축제다!

옛날이 꿈처럼 펼쳐진 스칸센마을

16세기부터 20세기 전반기까지 스웨덴 사람들의 생활상을 보여주는 민속 마을 스칸센은 아련한 옛날이 꿈처럼 현실에 펼쳐진 곳이다. 낮은 담벼락 끝에 걸터앉은 도박꾼은 술병에 물을 담아 마시며 카드를 섞고 있고, 그 아래로 머리에 두건을 쓰고 긴 치마와 블라우스를 입은 할머니들이 보인다. 그녀들은 잠시 후 마른 빨래를 바구니에 담아와 빨랫줄에 널기 시작한다. 음악가 할아버지가 긴 의자를 가져와 아코디언을 연주하고 4명의 할머니들은 2개의 낡은 악보를 들고 노래를 부른다. 노래를 하던 한 할머니가 진짜 슬픈 일이라도 있는 것처럼 눈물을 훌쩍이고, 옆의 친구가 등을 토닥이며 달래준다. 코가 빨간 의사는 주민들의 아픔을 듣고 약을 나눠준다. 나도 얼른 다가가 하나 얻어먹었다. 민트맛 사탕. 배 아픈데 좋다고 한다. 아하하~ 돌아오는 길, 방금까지 아프던 발이 가볍다. 꿈 같은 하루였다.

ASIA

02

우리는 서로에게
신기하고 즐거운
여행자

사랑이 쉽다면
아무도 꿈꾸지 않았을 거야

"한 달 전, 7월의 오늘 난 사랑에 빠져 있었지."

중국 다리의 공리 오빠는 꿈을 꾸는 듯 황홀한 표정으로 말했다.

그는 다리의 호스텔에서 일하면서 오고가는 사람들의 이야기를 듣는 즐거움에 푹 빠져 있다. 사람들의 사랑 이야기를 듣다 보면 설레서 잠을 이루지 못하는 날도 있다고 한다.

"사랑에 빠졌던 사람이 누군지 말해줄 수 있어요?"

"20살인데 15개국을 여행한 일본인 코로 양이야."

"코로 양도 오빠를 사랑했어요?"

"큼, 안타깝게도 그렇지는 않았어."

"아. 죄송해요."

"아니야, 아니야. 사랑은 쉬운 게 아니니까. 그래서 나는 내 사랑을 만나는 게 꿈이야. 당분간은 여기서 기다려보기로 했어. 언젠가는 사랑이 찾아올 테니까."

"그런데……."

나는 걱정스러운 눈빛으로 물었다.

"안 오면 어쩌죠?"

"그, 그러면 어쩌지?"

다리 시의 파란 하늘에서 바람이 양떼구름을 몰고 가는 중이다.

"올 거예요."

"응. 만약 안 오면 더 기다려보든지, 찾아다녀야지."

"맞아요."

"사랑이 쉽다면 아무도 꿈꾸지 않았을 거야."

쿵후 마스터의 소원

잘 나가는 직장을 팽개치고 중국 다리에 6개월째 머무르는 문 오빠는 자칭 쿵후 마스터다. 허난성 출신으로 어릴 때부터 스님들이 쿵후를 훈련하는 모습을 보며 자랐단다. 한번 해보라니까, 어설픈 쿵후 동작을 연달아 펼쳐 나의 비웃음 공격을 받았다.

문 오빠는 학창시절, 무조건 열심히 해야 한다는 선생님과 부모님의 말을 따라 공부만 했다. 자연스럽게 좋은 대학, 좋은 직업을 가지는 게 꿈이 되었다. 그는 전기 회로 엔지니어가 되었고, 한때는 삼성전자와 일하며 수원에서 2년 동안 살기도 했다. 하지만 시간이 지날수록 허탈감이 몰려왔다.

"내가 다닌 고등학교는 1주일에 단 하루만 집에 돌려보내주었어. 대부분의 시간은 학교에서 공부만 했지. 나는 엔지니어가 되고 싶었어. 그리고 꿈을 이뤘지. 엔지니어 일이 좋았지만, 갈수록 삶이 허무해지더라. 나의 진짜 꿈이 아니었던 거야."

문 오빠는 쓸쓸한 표정으로 머리를 저었다.

"이제부터는 뭘 하고 싶어요?"

"혼자 오랫동안 생각해봤어. 가장 행복할 때가 사람들과 함께 있을 때라는 것을 깨달았지. 그래서 지금 꿈은 빨리 사랑하는 사람을 만나서 결혼하는 거야. 흑, 그런데 내 나이 32살!"

"하하하."

"너무 늦지 않았을까?"

"괜찮아요, 괜찮아."

나는 반쯤은 장난이 섞이고, 반쯤은 심각한 문 오빠를 다독여주었다.

사람은 한번쯤 목표를 향해 달리는 대신, 가만히 멈춰 서서 자신을 돌아보는 시간이 필요하다. 멈추지 않으면 다리가 접질려 흙바닥에 얼굴 키스를 하거나 벼랑으로 떨어져 번지점프를 하거나 영원히 달리다 배가 고파서 죽을 거다. 멈춤을 통해 문 오빠는 32살에 진짜 꿈을 찾았다.

"가족을 꾸려서, 함께 찍은 사진을 여러 장 간직하고 싶어. 그게 내 진짜 꿈이라고!"

문 오빠가 주먹을 굳세게 쥐었다. 하늘을 쪼개고 땅을 갈라버릴 것만 같다. 어쩌면 오빠는 정말 쿵후 마스터일까? 꿈이란 건, 산천초목을 벌벌 떨게 만들 만큼 꿈꾸는 사람을 강하게 만드는 것인가 보다.

하나—둘—  찍습니다—!

이스탄불의 풋내기 인터뷰어들

터키 이스탄불. 검정 차도르의 또래 여자애 셋이 다가왔다.

"안녕하세요. 우린 고등학생들인데 이스탄불 관광객들에게 질문을 하고 있어요. 도와줄 수 있어요?"

종이와 펜도 없이 허둥지둥 질문하는 모습에서 여행을 떠나 첫 도시에서 길을 물어보던 내가 떠올라 입가에 미소가 피어올랐다. 나도 처음에는 커다란 모스크바 사람들이 얼마나 무섭고 겁이 났던지…….

허둥대는 차도르 친구들이 안타까워 입을 연다.

"차라리 녹음을 해두면 어때요?"

그 말에 풋내기 인터뷰어들이 기뻐하면서 휴대폰을 꺼낸다. 영어 수업 프로젝트를 진행한다는 친구들은 이스탄불에서 어느 관광지가 좋았는지, 그 이유가 뭔지 등 여행지에 대한 질문을 쏟아냈다. 뻔한 질문들은 어느새 나에 대한 호기심으로 이어진다.

"나는 보통 한 손에는 지도를, 한 손에는 녹음기를 들고 있어. 낯선 길을 찾아가야 하고 새로운 사람들과 나눈 대화를 남기고 싶기 때문이야."

"와, 재미있었겠네?"

"처음에는 길을 물어보는 짧은 순간도 겁이 나서 벌벌 떨렸어. 그러다 점점 두려움이 사라졌지. 다들 나와 똑같이 자신의 인생을 살아가며 즐기는 평범한 사람들이라는 걸 알게 되었으니까."

우리들은 모두 친구들과 수다를 떠는 것에 행복을 느끼고, 집을 떠나면 가족이 그리운 똑같은 사람들이다.

"맞아, 맞아."

차도르 친구들이 웃으면서 머리를 끄덕인다.

놀라운 것은 여행 중에 만난 사람들, 심지어 할아버지나 할머니조차 나를 가르치려고 하지 않았다는 점이다. 다만 나와 대화하는 걸 즐거워했고, 이해하려고 노력하고 응원해주었다. 아마도 함께 살지 않기 때문이지 않을까? 가족이나 친한 이웃이라면 이런 걱정 저런 잔소리를 몇 바가지는 들었을 것이다. 하지만 곧 떠나야 할 사람에게 설교와 잔소리는 필요 없다.

"그래서 언젠가부터 새로운 사람과 마주하며 이야기하는 것이 참 신기하고 즐거워졌어."

나는 차도르 친구들에게 고백했다.

살다 보면 누군가가 못마땅할 때가 있을 거다. 혹은 저 사람은 꼭 나의 충고가 필요하다는 생각이 들 때도 있을 것이다. 그럴 때는 그가 나를 스치고 지나가는 여행자라고 생각해보자. 여행자에게 필요한 건 그저 그의 목소리에 귀를 기울이고 등을 토닥여주는 것이니까.

우리는 서로가 서로를 스치고 지나간다.

그렇기에 서로에게 신기하고 즐거운 여행자다.

88. 56살, 코든 할아버지의 역사책

북적북적, 사람들로 정신없는 홍콩의 지하철.

영국인 코든 할아버지를 보는 순간, 그가 광장한 사람이라는 걸 눈치챘다.

베이지색 수트와 중절모, 푸른색 넥타이, 가슴에 단 코르사주와 광택이 나는 지팡이. 무엇보다 그는 혼자서 천천히 자신의 지도를 만지작거리며 걷고 있었다. 수많은 사람들 사이로 바쁘게 흘러가는 시간 속에서 오로지 코든 할아버지의 시간만 느리고 편안하게 흘러갔다.

"가족을 도와서 함께 일을 하는 게 첫 번째 꿈이었지. 아주 어릴 때야."

코든 할아버지는 주름진 얼굴로 웃었다. 그의 첫 번째 일은 가게의 바닥을 닦고 물건을 포장하는 것이었다.

"맥도날드 종업원, 식당 설거지, 베이비시터, 창고 정리…… 별의별 일을 다 했단다. ……시간은 흘렀고, 보시다시피 어느새 난 노인이 되었지."

할아버지의 눈동자가 막 태어난 별처럼 반짝였다.

"내 소원은 역사책을 쓰는 것이었단다. 그리고 곧 600페이지에 이르는 책이 완성된단다. 일생 통틀어 꼭 이루고 싶은 소원이었지. 밑바닥에서 여기까지 올라온 거야!"

"저기, 실례지만 연세는 어떻게 되세요?"

"몇 살일 것 같니? 맞혀보렴."

"일흔 살쯤?"

"나는 정확히 88.56살이야!"

코든 할아버지는 힘차게 외쳤다.

멋쟁이 신사, 코든 할아버지는 자부심과 자존감을 입고 남들과 다른 시간으로 다시 걸어갔다.

비보잉을 꿈꾸는 45살의 은행원

아랍에미리트의 아부다비 시내로 가는 버스를 탔다. 옆자리에 배불뚝이 필리핀 아저씨가 앉아 있다.

"내 꿈은 비보잉을 하는 비보이야."

레이첼 아저씨가 말했다.

나는 침을 삼킨 후에 깊이 숨을 들이켰다가 뱉어냈다. 레이첼 아저씨를 슬쩍 보면서 멈칫멈칫 입을 연다.

"할, 할 수 있을 거예요."

레이첼 아저씨는 마닐라 중심가의 경영 구역에서 은행원으로 일한다. 45살에 볼록 튀어나온 배는 걷는 것조차 위태로워 보인다. 아무래도 비보잉과는 어울리지 않는 모습이었지만, 용기를 잃게 할 수는 없다고 생각했다.

"푸하하하. 고마워, 고마워."

아저씨는 하마처럼 입을 벌리고 목젖이 보일 만큼 크게 웃었다.

"나는 17살 때 취미로 비보잉을 했지. 그 무렵에는 대학에 가서 직장을 얻고 가정을 꾸리겠다는 막연한

꿈을 가졌어. 하지만 지금은 빨리 직장을 그만두고 아이들과 조금이라도 더 시간을 보내고 싶어."

레이첼 아저씨는 어느 순간부터 취미로 했던 옛날의 비보잉이 자꾸만 기억에서 되살아나기 시작했다고 고백했다.

"하지만 너무 걱정 마."

"네?"

"내 나이와 몸 상태가 비보잉을 하기에는 무리라는 건 잘 알고 있다고. 하지만 꿈이라는 게 꼭 이뤄야 하는 건 아니잖아. 마음에 간직하고 살아가는 것도 꿈이라고."

"아!"

"꿈을 꾸는 사람들에게 이 말을 해주고 싶어. 인생은 시도와 좌절의 연속이다!"

레이첼 아저씨는 지그시 눈을 감고 살찐 턱을 끄덕거렸다.

"그러니 경험을 많이 해보라고. 나도 어려서 비보잉을 해보지 않았다면 마음속에 비보잉의 꿈은 없었을 테니까."

꿈을 이룬 아프리카 세 친구

아랍 에미리트의 사막길. 사륜구동 승합차가 자그마한 휴게소에 멈춘다. 아쉽게도 햇볕을 가리는 모자와 팔 토시, 물과 음식 몇 가지가 전부다. 시원한 오렌지주스나 아이스크림이라도 기대했건만!

낮은 찰흙 울타리 안의 낙타가 멀뚱멀뚱 실망한 나를 쳐다본다.

'사막에 온 걸 환영해.'

낙타는 얄밉게 긴 혀로 눈앞을 쓰윽 닦아낸다.

'이봐, 낙타. 넌 언젠가 남극에 가봐야 해. 아주 추워서 오줌이 얼고, 하얀 눈이 내리는 곳이지.'

나는 뾰루퉁하게 말하고 돌아선다.

그늘 아래 흑인 관광객 3명이 보인다. 키와 몸집이 엄청나서 거인 같다. 자박자박 걸어간다. 그들의 큰 그림자 아래에 서서 고개를 꺾고 올려다본다.

"안녕하세요. 어디서 왔어요?"

벌써부터 고개가 아픈 것 같다.

"우리는 짐바브웨에서 왔단다. 나는 티모시야."

"반가워, 나는 리야."

"난 도리스."

"실례가 안 된다면, 어릴 때 꿈이 뭐였는지, 꿈을 이뤘는지 물어봐도 될까요?"

"하하. 벌써 물어본 거네. 나는 파일럿이 되는 게 꿈이었지. 하늘을 날아다니면서 원하는 곳에 마음대로 갈 수 있는 게 정말 매력적이었거든. 자, 그럼 질문을 할게. 나는 지금은 무슨 일을 하고 있을까?"

티모시 오빠가 장난스레 되물었다.

"뻔하죠. 파일럿이 되었죠?"

"하하. 맞았어. 나는 개인 항공 파일럿이야. 지금부터의 꿈은 세계 모든 나라를 비행하는 거란다. 너를 보니까 한국이라는 나라도 꼭 가고 싶어졌어."

"아름다워서 깜짝 놀랄걸요. 리 언니는요?"

"나는 어릴 때부터 돈을 세고 돈을 만지는 걸 아주 좋아했어."

"설마…… 은행원?"

"호호호. 정답이야. 지금 은행원이 되어서 변호사들과 함께 일하고 있단다."

이번에는 도리스를 쳐다봤다.

"멋진 건물에서 일하는 비즈니스 우먼이 소원이었

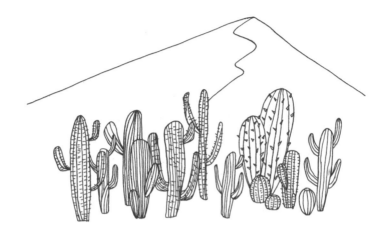

고, 당연히 소원성취를 했어."

"우와와. 그러면 여러분은 모두 꿈을 이뤘네요!"

"응!"

셋은 입을 모아 즐겁게 대답했다.

"짐바브웨에 초대할게. 꼭 놀러와."

"네. 언젠가 꼭 짐바브웨에 가볼래요."

나는 셋의 커다란 그림자에서 빠져나와 낙타에게 다가갔다.

'저기 봐. 저 세 사람. 짐바브웨에서 왔고, 모두 꿈을 이뤘어.'

'그런데?'

'꿈이란 게 있어야 한단 말이지. 너처럼 이렇게 빈둥빈둥대면서 힘든 사람들 놀리기나 하면 나쁜 낙타라고.'

'나도 방금 꿈이 생겼다.'

'뭔데?'

'남극에 가보는 거.'

'피이, 거짓말.'

낙타는 혀를 길게 뽑아 눈앞의 허공을 다시 쓰으 핥았다. 그러곤 뜨거운 사막의 하늘을 쳐다보았다.

'사막에 온 걸 환영해.'

파묵칼레의 석류

터키 남부 데니즐리주㈜. 고대 유적 파묵칼레의 마을을 걸었다. 뜨거운 햇살이 비처럼 쏟아졌다.

탕탕탕!

플라스틱 그릇을 치는 듯한 경쾌한 소리가 시골 동네에 울려퍼진다.

한적한 골목의 어느 집 마당, 돗자리를 깔고 앉아 아주머니 넷과 아저씨가 석류를 까고 있다. 마당 한쪽에 세워둔 트럭의 바구니 안에는 싱싱한 진홍색 석류들이 가득 차 있다. 그들은 머리 두건을 쓰고 탕탕탕, 석류에서 알갱이들을 분리한다.

"이리 와서 하나 먹어보렴."

"정말로 그래도 되나요?"

한 아주머니가 석류를 내밀었다. 후딱 달려가 받아들고 담장 밑에 퍼질러 앉는다. 내가 먹어본 석류 중에 제일 맛있다. 하. 햇살을 받는 고양이처럼 기분이 좋다. 졸음이 밀려온다. 탕탕탕. 석류를 까면서 아주머니들의 수다 떠는 소리가 음악처럼 흐른다.

"우리 무스타파에게 새 옷을 사줄 때가 되었어."

"아이쉐가 내년에 대학에 가잖아. 돈이 필요해."

"알리가 자전거를 가지고 싶다고 삐뚤삐뚤한 글씨로 나한테 편지를 썼지 뭐야."

"멜렉이 올 가을에 결혼을 해. 보탬이 되어야 한다니까."

나른했던 나는 어느 순간 꿈속으로 빨려들어 야생화가 가득 핀 마을 입구에 서 있었다. 놀랍게도 난 무스타파, 아이쉐, 알리, 멜렉을 보았다. 무스타파는 깨끗하지만 촌스러운 양복을 입고 있었고, 아이쉐는 캐리어를 끌고 대학으로 가는 길이었다. 자전거를 탄 꼬마 알리가 신나게 달리고, 멜렉은 아름다운 신부를 데리고 마을로 향하고 있었다.

부스스 눈을 뜨고 깊이 숨을 들이켜고 자리에서 일어섰다. 가방을 고쳐 메고 사람들에게 인사를 한 후, 길을 나선다. 탕탕탕, 아주머니들의 소원을 담은 기분 좋은 소리가 동네를 울린다.

나는 내가 꿈을 꾼 건지, 아주머니들의 꿈을 본 건지 아리송했다.

자신이 아닌 누군가를 위해 꿈꾸는 사람들은 햇빛에 비친 석류처럼 반짝거린다.

AFRICA

03

사막에 떨구고 온
투명한 꿈

남편에서 그림으로

"거리가 정말 문제였어."

콜롬비아 보고타에서 태어난 리즈 할머니가 말했다.

그녀는 산뜻한 하늘색 옷과 잘 어울리는 재킷을 걸치고, 연두색 모자를 쓰고, 같은 색의 가방을 메고 있다. 리즈 할머니의 꿈은 지금 그녀의 앞에 앉아 있는 남편이었다. 그녀는 옛날에 케이프타운에 있는 대학에 가서 약학을 공부했다.

하지만 그 당시 남자친구였던 남편은 케이프타운에서 차로 약 15시간, 비행기로 약 2시간 떨어진 더반에 살고 있었다. 할머니는 오랜 기다림 끝에 남편을 사로잡을 수 있었다며 결국 둘의 사랑이 결실을 맺기까지 7년이나 걸렸다고 미소를 짓는다.

"지금으로부터 52년 전이야."

"와, 정말 옛날이네요."

리즈 할머니 부부와 작은 레스토랑 겸 카페에 앉은 나는 다시 한번 마을 풍경을 둘러보며 이곳에 와보길 잘했다고 스스로를 칭찬한다. 넬스프뢰이트 근처 캠핑

장에서 요하네스버그로 돌아가던 길, 키 큰 나무들의 숲을 지나쳐 달리다 파스텔 색상의 집들이 옹기종기 모인 이 작은 마을이 눈에 띄었다.

말들이 잔디에서 풀을 뜯고 몇몇 사람들이 푹신한 쿠션이 깔린 철제 의자에서 커피를 마시고 있었다. 마을의 햇살도 다른 곳보다 따뜻하게 느껴졌다. 그래서 나는 마치 무언가에 이끌리듯 카페에 들어와 특제 햄버거를 주문하게 된 것이다.

카페 곳곳에 걸린 풍경화를 가리키며 리즈 할머니는 자신의 그림이라며 웃는다. 놀랍게도 할머니는 60살이 되었을 때 처음으로 그림을 그리기 시작했다고 한다.

미용실에서 머리를 다듬던 어느 날, 아이들에게 미술을 가르치는 한 여자와 이야기를 나누게 되었다. 흥미를 느낀 리즈 할머니는 그때부터 그녀를 도와 아이들에게 미술을 가르치기 시작했고 이제는 그림을 그리는 게 인생의 낙이 되었다고 한다.

"캔버스에 사람의 모습을 담고, 그를 기억하는 게 행복하단다. 몇 살까지 살지는 모르지만 마지막 순간까지 그림을 그릴 거야."

니즈 할머니와 이야기하는 동안 탁 트인 평원을 걸으며 부드럽게 불어오는 바람을 느꼈다. 눈을 감고 숨을 크게 들이켰다.

"하아, 정말 좋아요."

"그림을 그리는 사람의 성별, 나이, 인종, 또 그가 잘생겼는지 못생겼는지, 훌륭한지 그렇지 않은지, 입은 옷이 색을 칠했을 때 예쁜 색인지, 그를 둘러싼 배경이 충분히 아름다운지는 중요하지 않단다. 적어도 내게는 말이야. 내 그림에서 중요한 것은 그를 그렸을 때의 내 마음이지. 그리고 마음을 그림에 담아내는 섬세함과 정성이야."

"마음을 담아내는 섬세함과 정성이야."

나는 계속 눈을 감은 채 조용히 혼잣말을 했다.

헤어질 때 할머니는 짧은 시간 동안 정이 많이 들었는지 눈물을 보이셨다. 나도 왠지 눈물이 나서 우리는 서로를 꼭 안아주었다. 리즈 할머니 덕분에 또 행복한 하루가 지나간다.

쌈 아저씨의 채소볶음

　남아프리카공화국 케이프타운의 이른 아침. 눈을 뜨자마자 침대에서 뛰어내려 쌩~ 부엌으로 달려갔다. 구름 위를 달리는 기분이다.

　지난 밤, 나는 잠들기 직전까지 성대한 만찬의 꿈에 부풀어 있었다. 어제 저녁에 마트에서 소고기 스테이크와 버섯, 샐러드와 딸기요구르트를 사두었기 때문이다. 부엌에는 늘 웃고 있는 쌈 아저씨가 아스파라거스를 굽고 있었다. 그는 아프리카 여러 나라를 돌면서 투어 가이드 일을 한다.

　"굿모닝! 아침 일찍 일어나셨네요?"

　"그럼, 나는 아주 부지런하지. 어릴 적에는 일도 남보다 빨리 하고 싶어 했으니까."

　"그래요? 몇 살부터요?"

　"14살 때부터 일이 너무 하고 싶었단다."

　공부에 재주가 없었냐고 물으려다 입을 꾹 닫았다. 쌈 아저씨의 웃는 얼굴을 더이상 볼 수 없을지도 모르기 때문이다. 대신 다른 질문을 던졌다.

"어릴 때 어떤 일이 하고 싶었어요?"

"내가 무엇을 할 수 있을지는 몰랐어. 아무튼 당장 일을 시작하고 싶었지. 왜냐하면 나는 아주 작은 시골 마을 출신인데, 가난한 부모님께 보탬이 되고 싶었거든. 하지만 우리 동네에는 일거리가 없었어. 그래서 얼른 학교를 마치고 일하는 게 꿈이었단다."

"지금의 일은 어때요? 만족해요?"

"물론이지. 아프리카 여러 나라의 역사와 투어 장소에 얽힌 이야기를 공부해서 사람들에게 전해주는 일에 보람을 느껴."

"하지만 투어 가이드를 하면 이미 가보았던 장소를 여러 번 가야 할 텐데 매번 즐거울 수 있나요? 금세 지겨워지지 않을까요?"

쌈 아저씨는 아스파라거스를 굽고, 다른 채소를 볶기 시작했다.

"물론, 같은 곳을 여러 번 방문하게 되지. 하지만 같은 장소라도 계절이나 날씨와 시간에 따라 달라지고 마주치는 사람도 매번 다르단다."

"아하, 그렇겠군요."

"여행의 루트는 같아도 늘 다른 경험을 하게 되지. 나는 사람과 부딪히고 서로 영향을 주고받는 걸 좋아해. 대화를 통해서 각자의 생각을 공유하고, 같이 음식을 만들고, 식탁을 차리고, 수영도 하고, 차나 음료도 마시지."

"아프리카의 노을이나 별도 같이 보고요!"

"바로 그렇지! 하하하."

"아저씨는 투어 가이드 일을 정말 사랑하는군요."

"응. 정말정말 사랑해. 아프리카의 투어 가이드는

너무 매력적인 직업이지 않니? 물론 이 일에 대한 내 사랑이 식을 수도 있어. 그때는 내가 또 어떤 사랑을 찾아 나설지는 모르는 일이지. 그때까지 내 일을 마음 껏 사랑할 거란다."

"난 아저씨가 항상 웃는 게 좋아요. 얼굴에 마음이 떠오른다니까요."

"미소는 내 인생의 모토란다. 그래서 사람들은 나를 '미스터 스마일리'라고 부르지."

나는 부엌 냉장고에서 꺼낸 스테이크를 프라이팬에 올렸다. 열린 창으로 포근한 바람이 들어와 뺨을 간질 인다. 푸른 바다에서 불어온 바람이다. 아무리 바빠도 잠시 하던 일을 놓을 수밖에 없다. 창에 얼굴을 붙이고 바람이 지나온 케이프타운의 빛바랜 무지개색 건물들 에게 인사를 나눈다.

나와 쌈 아저씨는 함께 식사를 했다. 간이 딱 맞는 쌈 아저씨의 채소볶음은 내가 먹어본 것 중 최고였다.

아↗이↘야↗이↘야↗

    남아프리카공화국 요하네스버그에서 전철이 위험하기로 유명한 빈민촌, 타운십을 지나간다.

    "아↗이↘야↗이↘야↗! 저기가 바로 내가 자란 곳이야. 내 모든 어린 시절을 저곳의 친구들과 뛰놀면서 함께했지."

    말끔하게 차려입은 신디 언니가 감회에 젖어 소리쳤다. 그녀는 현재 비즈니스 매니저 일을 하고 있다. 신디 언니가 타운십에서 자랄 때의 꿈은 비행기에서 일하는 것이었다.

    "하지만 지금은 비즈니스 매니저 일이 너무 좋아. 꿈은 변할 수 있으니까."

    잠시 회상에 잠겼던 언니가 입을 연다.

    "어린 시절, 가진 게 없어서 좋은 점도 있었단다. 남들과 똑같은 선물을 받아도 더 크게 행복했거든. 그 마음을 잊지 말자고 항상 생각하지."

    나와 신디 언니는 타운십에서 자라는 아이들을 생각하면서 잠시 침묵했다.

FROM TOWNSHIP TO THE DREAM

그리고 다시 신디 언니가 말을 시작한다.

"아↗이↘야↗이↘야↗! 저기는 내가 첫사랑과 처음 키……."

케이프타운의 전철은 나와 신디 언니를 싣고 달린다.

커튼과 냄비를 파는 남자

"세이셸군도에 가는 길이에요. 입국 동의서의 시일
이 만료된 걸 깜박했어요."

남아프리카공화국의 요하네스버그국제공항, 발이
묶여버린 환승장에 밤이 찾아왔다. 나와 같은 신세의
이집트 아저씨 하산과 나란히 의자에 앉았다.

"집으로 가는 길에 요하네스버그에 사는 친구를 보
려고 여기 왔어. 그런데 입국 허가가 나지 않았어. 이
집트행 표도 미리 끊어놓지 않아서 유리병 속의 편지
처럼 갇혀버린 거지."

하산 아저씨가 유쾌하게 소리쳤다.

나는 편지라기에는 너무 크고 말이 많다고 생각하면
서 맞장구를 친다.

"휴, 마음처럼 되는 게 하나도 없다니까요."

"너무 걱정 마라. 다 신의 뜻이란다."

씩씩한 하산 아저씨는 콩고에서 휴대전화 유심과 커
튼과 냄비를 판다. 그는 2월에 집을 나와 8개월 만에
집으로 돌아가는 길이다.

"그런데 유심과 커튼과 냄비는 서로 관련이 없어요."

"중요한 공통점이 있지."

심각해진 아저씨의 눈썹이 팔자가 되었다. 그는 타이르듯 말한다.

"유심과 커튼과 냄비는 다 사람에게 필요한 거지."

"아! 그러네요."

"하하하."

하산 아저씨는 환승장이 떠나가도록 크게 웃어젖혔다.

"하하하."

나도 따라 웃는다.

"배는 고프지 않니?"

그가 꼬르륵대는 배를 만지며 묻는다.

"빵이 좀 있어요. 드실래요?"

"아냐, 아냐. 나는 새벽에 이 감옥에서 탈출할 거야. 여기 사는 지인에게 이집트행 티켓을 받을 거야. 이렇게 친구가 되었는데 나만 먼저 떠나서 좀 미안하네."

"아녜요. 저도 내일 오전에 해결될 거예요."

큰소리치는 아저씨의 쇼핑백 안이 얼핏 들여다보인다. 어린 딸에게 줄 선물용 고급 과자가 몇 개 들어 있다.

"지금 내 꿈은 어서 빨리 이 과자를 딸아이에게 주는 거야. 생각만 해도 행복하단다. 잠깐만."

말을 마치는 즉시 아저씨는 쓰레기통을 비우는 파란

옷의 청소부 아줌마에게 달려간다. 그러더니 핸드폰 유심 하나를 후딱 팔아치운다.

찬 기운에 잠을 설치다 눈을 뜬 아침, 떠나야 했을 아저씨가 회색 철제 의자에서 꾸벅꾸벅 졸고 있다.

"배고프지?"

그러고는 쇼핑백에서 딸에게 줄 선물용 고급 과자를 꺼낸다. 지난 이틀간 쫄쫄 굶은 그는 자신도 손대지 않은 딸의 과자를 내게 건넨다.

"난 괜찮아요. 어휴, 빵은 질려서 당분간 못 먹겠어요."

나는 웃으며 도로 내 빵을 건넨다. 그럴 수는 없다고 아저씨도 손사래를 친다.

내가 공항을 떠날 때, 아저씨는 환승장에 남겨졌다. 그는 한 손에 내가 준 빵을 쥐고 잘 가라고 인사를 하면서 자신도 문제없다고 활짝 웃었다.

"당연히 문제는 없을 거예요. 딸이 꿈꾸고 있을 거니까요. 맛있는 과자를 안고 오는 아빠를 말이죠."

나는 크고 힘차게 손을 흔들어 작별 인사를 했다.

불가사리는 하늘에서 떨어진 별

　남아프리카공화국의 케이프타운에서 사이먼스타운으로 가는 노란 기차 3등석 창가에 앉았다. 내리쬐는 햇볕을 받으며 졸다가 깜박 잠이 들었다. 문득 눈을 뜨자 새파란 바다다. 노란 기차는 끝없는 바다를 따라 달린다. 물장구치며 수영하는 아이들, 형형색색의 집들과 분주한 항구의 모습이 지나간다.

　사이먼스타운에 내려 따가운 햇살의 공격을 뚫고, 바다에서 뛰노는 아이들에게 다가갔다.

　"안녕! 얘들아!"

　"반가워. 나는 조-엘이야." 특이한 억양으로 이름을 말하는 조엘이 아이들을 소개해준다. "얘는 내 친한 친구 차우저, 저 꼬마는 탄냐! 쟤는 트럼프야. 내 동생이지!"

　세상을 여행하고 싶은 조엘이 먼저 바다에 풍덩 빠졌다. 대통령이 되고 싶은 차우저가 다음으로 바다로 들어갔다. 할머니가 보고 싶다는 탄냐도 바다에 풍덩! 아직 꿈이 없는 개구쟁이 트럼프도 바다로 달려든다.

바다의 아이들은 두려운 것도 걱정할 것도 없다. 바다의 일부니까. 물이 너무 차가워 돌무더기에서 구경하는 내게 트럼프가 징그러운 불가사리를 맨손으로 집어와서 보여준다.

"불가사리는 하늘에서 별이 떨어진 거야."

트럼프가 설명했다.

하늘을 올려다봤다. 하늘이 푸른 바다로 보였다.

기린처럼 높고, 코끼리처럼 큰

딴딴딴!
끄아! 왜 날 무섭게
노려보는 거야!
생각보다 너무 높잖아!

뚠뚠뚠!
으악! 밟히면 이 자리에서 난 끝이야!
누가 봐도 너무 크잖아!

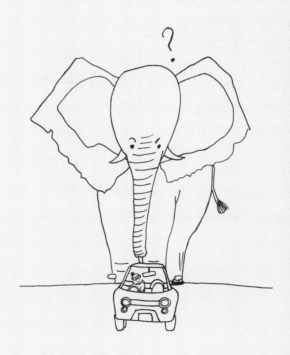

가까이서 보면 기린은 생각보다 너무 높고,

코끼리는 누가 봐도 너무 크다.

하지만 사람은 알면 알수록, 다가가면 갈수록 오히려 작아진다.

숨을 쉬듯 거짓말을 하고

눈을 깜박이듯 변명을 하고

허리에 총을 찬 독재자처럼 이기적이다.

세상에서 은행과 냉장고와 장롱을 없애면 어떨까?

그러면 서로의 돈과 음식과 옷을 나눠줄까?

아무래도 그렇지는 않을 것 같다.

다시 곰곰이 생각해본 결과

기린처럼 코끼리처럼

가까이 보면 볼수록 높고 큰 사람이 되면 된다.

꿈을 이루기 위해서는 마음이 높고 커야 한다.

스와질란드 국경 앞의 전통용품 가게

　남아프리카공화국에서 스와질란드로 들어가지 못하고 국경의 보도블록에 주저앉아 하늘을 본다.

　"뭘 하는 거야?"

　낙엽을 쓸던 마비 언니가 빗자루를 들고 다가왔다. 아프리카의 전통 무늬가 들어간 화려한 주황색 천을 몸에 두르고 있었다.

　"구름과 새는 좋겠다고 생각했어요. 나이도 성별도 없잖아요."

　스와질란드로 갈 수는 있지만 다시 남아프리카공화국으로 돌아올 수 없기 때문이다. 서류를 미리 가져오지 않은 게 잘못이다. 그러나 구름이나 새는 그깟 종이뭉치를 주머니에 넣고 다니지 않는다는 생각에 벌컥 화가 났다. 사람은 왜 구름과 새처럼 서류가 자신을 대신하지는 못한다는 걸 모르는 걸까?

　33살의 마비 언니는 음푸말랑가주에서 태어났고 간호사가 꿈이다. 하지만 집안 형편상 대학교에 다닐 수 없었다. 지금은 국경의 전통용품 가게에서 일하면서,

유럽 여러 나라로 전통춤 공연을 다닌다.

"돈을 벌어서 간호학을 공부해 간호사가 될 거야. 얼마 전 나는 거북이처럼 오래도록 내 인생을 돌이켜본 적이 있어. 여기는 변두리 국경 지대라 찾아오는 사람이 없어서 거북이처럼 시간이 많았거든. 비로소 나는 사람들을 도와줄 때 가장 큰 보람을 느낀다는 걸 알았어."

마비 언니와 2시간 동안 수다를 떨었다. 아무도 가게를 방문하지 않았다. 지루하리만큼 조용한 국경이다. 마비 언니는 자기 걱정은 하지 말라고 유쾌하게 웃는다. 언니는 떠나는 나를 안아주고, 멀어지는 내게 손을 흔들었다.

누군가 스와질란드 인근을 여행한다면 꼭 국경 근처의 전통용품 가게에 들렀으면 좋겠다. 마비 언니가 꿈을 이룰 수 있도록 기념품을 사줬으면 좋겠다. 그런 마음을 가질 때 나는 구름이나 새가 된다. 허리를 국경선에 딱 걸치고 멈춰서 생각에 잠긴 구름이나, 머리는 이 나라에 꼬리는 저 나라에 두고 노래하는 새. 그러면 국경도 인종도 나이도 이름도 신경쓰지 않고 자유로워진다.

마케도니아의 라구엘

　모로코에서 사하라사막으로 가는 길목에서 마케도니아 사람을 만났다. 이름은 일곱 대천사 중 하나와 같은 라구엘이다.

　"나는 꿈에 대해 말하기에 적합한 사람이 아니야."

　라구엘은 미안한 얼굴로 내게 손사래를 쳤다.

　"벌써 30살이지만 꿈을 아직 못 찾았으니까. 사실 살면서 많은 것에 도전해봤어. 하지만 마지막에 드는 생각은 이 일은 정말 나와는 거리가 멀다는 것이었지."

　"와아, 많은 것에 도전했다고요?"

　"지금은 변호사 준비를 하며 법학을 공부하고 있는데 아직 공부를 끝내지 못했어. 5년 전에는 심리학자가 되고 싶었고, 더 어릴 때는 수영, 축구, 가라테 같은 여러 가지 스포츠를 했었지. 하지만 나 자신을 찾을 수가 없더라고. 이 세월 동안 내가 확실히 깨달은 건 나는 여행을 좋아한다는 거야."

　"여행은 어때요? 좋은 꿈이잖아요."

　"마음과 현실은 다르단다. 우리 마케도니아의 월급

MOROCCAN STORE
WITH MIGUEL

은 아주 적어. 한 달에 평균 300유로약 38만 원 정도야."

"그럼, 물가도 싼 건가요?"

"아무래도 그렇지. 예를 들자면 모로코가 정말 싸다고들 하지만 모로코에서 관광객을 위한 음식은 대략 10유로야. 그런데 마케도니아에서는 10유로면 굉장히 멋진 만찬을 즐길 수 있단다. 그래도 월급이 너무 적어서 살기가 힘들어."

훅, 하고 라구엘이 사하라의 모래바람처럼 거센 한숨을 내뱉었다.

그는 예전에 먹었던 맛있는 마케도니아 음식과 자기 집 근처의 12세기 수도원 사진을 보여주었다. 나는 씁쓸한 마음을 숨기며 한동안 라구엘이 먹은 고향의 음식들, 그가 좋아하는 오래된 수도원을 구경했다.

양이 죽는 날

　사람은 가끔씩 탐정이 될 때가 있다. 내가 모로코의 골목을 돌아다니는 며칠 동안 그랬다. 모든 것이 발견과 추리의 대상이었다. 사람들의 얼굴에서 그들의 생각을 예상하고, 가만히 잠든 개들에게서 범죄의 단서를 찾아냈다. 전봇대에 적힌 낯선 글자들이 암호로 보였고, 심지어 골목 위로 떠가는 구름은 악당이 보낸 신호 같았다. 1년에 며칠 정도 사람은 탐정이 되어봐야 한다. 그러면 자신이 얼마나 뛰어난 상상력을 가졌는지 알 수 있을 거다.

　하루는 멀리서 쿵쿵 향긋한 냄새가 밀려오고, 사람들이 생선튀김을 들고 있는 모습을 보았다. 다다다, 생선을 통으로 튀겨주는 가게로 달려가서 먹고 싶은 생선을 가리키며 소리친다.
　"디스, 디스!"
　영어를 할 줄 하는 샤픽 오빠가 주문을 도와주었다.
　"요 며칠간 사람들이 양을 끌고 가는 모습이 유독 눈

에 띄고 있어요.”

나는 고소한 생선튀김 맛에 빠져 허우적대며 말했다. 하지만 눈동자만큼은 예리하게 빛나고 있었다. 지난날, 눈여겨본 관찰 결과를 맨 처음 발설하는 순간이었기 때문이다.

“내일 ‘이드 알아드하Eid Al Adha’가 열리기 때문이야.”

샤픽 오빠가 흥미진진한 얼굴로 대꾸했다.

“‘이드 알아드하’가 뭐죠?”

우적우적, 생선튀김에 열중하며 되물었다.

“이슬람 명절이야. 원한다면 우리집에 와서 양을 잡는 것을 봐도 좋아.”

“양을 죽여요?”

속으로는 구름에 닿도록 펄쩍 뛰었지만, 이곳의 전통이라니 예의를 갖춰 태연한 척 물었다.

“응. 양을 죽여서 신께 제물로 바치는 거야.”

다음 날, 여러 가지 색깔과 귀여운 딸기 모양의 모로코 전통 과자를 선물로 샀다. 라마단과 같은 축제 때 먹는 과자다.

미로 같은 올드타운의 끝으로 마중을 나온 샤픽 오빠를 따라서 그의 집으로 향했다. 지푸라기와 플라스틱 판자로 하늘을 덮어놓은 좁은 골목들은 새어들어온

RAMADAN COOKIES :)

햇빛으로 어지러웠다. 남자들은 회색 수레에 양을 싣고 분주히 움직이고 있었다.

샤픽 오빠와 그의 낡은 집으로 들어서자 80살이 넘은 할아버지와 할머니, 그리고 어머니와 동생, 이모와 조카가 나를 반겼다. 우리는 빛이 내려오는 안뜰의 하늘색 자수가 예쁘게 놓인 소파에 함께 앉았다.

"아내는 '이드 알아드하' 기간 동안 영국에 계신 부모님을 뵈러 갔어."

샤픽 오빠와 영국인 아내 올리비아 언니는 한 편의 영화 같은 러브스토리를 가지고 있다. 자연을 매우 사랑하는 올리비아 언니가 고등학생이던 시절, 한 자연주의 단체에서 모로코로 답사를 왔고, 역시 자연을 사랑해 통역을 맡은 샤픽 오빠와 사랑에 빠진 것이다.

"우리는 계속 연락을 나눴어. 성인이 된 올리비아

가 부모님께 허락을 받고 이곳에 와서 결혼을 하게 되었지.”

이들의 꿈은 자연으로 돌아가 사는 것이다.

“강과 산이 있는 자연의 품에서 동물들과 함께 살고 싶어. 어렸을 때부터 매년 여름마다 고모네 농장에서 지내면서 자연적인 삶에 관심을 가졌어. 실은 오랫동안 모은 돈으로 조금이지만 산에 땅을 사고 집을 지었지. 하지만 아직은 여윳돈이 없어서 자주 시골집을 비우고 도시에서 건축물의 타일과 벽에 전통 실내 장식을 디자인하고 있어.”

사진 속 시골집은 근사했다. 집 바로 옆에는 폭포와 계곡이 있었고, 샤픽 부부가 심은 후추, 오렌지, 사과, 자두나무가 자라 있었다. 즐거운 마음으로 샤픽의 시골집 사진을 보고 있는데, 1990년대식 안테나가 달린 낡은 텔레비전에서 모로코 왕이 등장했다.

“이제 시작하는 거야.”

오빠가 말했다.

“뭘요?”

“왕이 양을 죽이러 가는 거야. 그러면 이제 우리도 양을 죽여도 되는 거지.”

“왕이 양을 먼저 죽인 다음에 양을 죽여야 하는 건가요?”

"꼭 그런 것은 아니야. 하지만 꼭 기도를 먼저 올린 다음에 양을 죽여야 해. 나도 아침에 모스크Mosque, 이슬람 사원에 가서 기도를 올리고 왔어."

왕은 양을 죽였다.

시간이 되었다.

샤픽 오빠네도 양을 죽인다고 한다.

한 해를 잘 보내길 기원하며 양을 죽이고, 죽은 양으로 꼬치구이를 해먹는다.

샤픽 오빠의 삼촌이 양에게 다가간다.

신의 표정이 궁금해서 안뜰 위에 펼쳐진 파란 하늘을 올려다본다. 덜컥 겁이 났다. 울고 싶지만 꾹 참는다. 무례한 일이 될 수 있기 때문이다. 올 한 해가 행복하길 꿈꾸는 샤픽 오빠네 가족에게도, 날카로운 울음소리 한 번 내지 않고 그들을 위해 고요히 죽는 양에게도.

흥미로운 사람이 되기 위한 팁

"사람들은 말하지. '이 일들은 똑똑한 사람들을 위한 것이고, 이 일들은 멍청한 사람들을 위한 일이야.' 나는 그런 생각을 떨치고 여러 가지 일들을 해보려고 했어. 나에게 맞는 일이 무엇일까 끊임없이 고민하면서 말이야.

한번은 관광업 계통의 일을 하고 싶어서, 2년간 비행기 승무원으로 일했어. 사실 우리나라에서는 승무원은 영어를 하고 면접만 잘 보면 쉽게 할 수 있는 직업이야. 옛날에는 굉장히 좋은 직업이었지만 지금은 아니지. 내게는 끔찍했어. 너무 많은 이들이 자주 룰을 어겼으니까. 내가 설명을 하면 고객들은 '넌 멍청한 승무원일 뿐이잖아' 라는 시선을 보냈단다."

아프리카 모로코에서 만난 조이 언니가 피를 토하듯 말을 쏟아냈다.

"주위의 사람들은 '넌 지금 당장 뭔가를 해야 해! 주변을 돌아봐! 다른 모든 이들이 열심히 뭔가를 하고 있잖아!'라고 말하겠지만 그런 말은 듣지 마. 그것이 무엇이 되었든 네가 호기심이 가는 것, 너를 흥미로운 사람으로 만드는 것을 찾아봐.

나는 앞으로 인도에서 반년 정도 머물면서 요가 선생님이 되기 위해 공부하려고 해. 나는 요가를 정말 좋아하거든. 결국 가장 중요한 것은 네가 원하는 것을 하면서 사는 거야. 그 일이 지겨워지면 또 새로운 일을 찾아보는 것도 좋은 방법이야. 만약 그 일들이 꼭 좋게 끝나지 않는다고 해도 네가 시도하고 싶은 일들은 다 해보고 산 거잖아. 그러니까 후회하지 않을 거야. 나는 그렇게 많이 해왔거든!

그러니까 내가 너에게 해주고 싶은 말은, 모든 일에 모든 가능성을 열어두고 모든 것을 시도해보는 거야. 세계지도를 펼쳐놓고 가고 싶은 나라를 정해. 그다음 일단 가서 한 3주 정도 머무르면서 주말에는 레스토랑이나 바 같은 곳에서 일하며 돈을 벌고 그곳에서 공부를 하는 거야. 어디선가 2주 동안 일자리 제의를 받았다면 그걸 해도 되고, 또 어디선가 사랑을 찾았다면 그곳에 오래 머물러 있을 수도 있지.

뻔한 인생은 살고 싶지 않지? 그러려면 남들과 다른 삶을 살아야 해. 흥미로운 사람이 되고 싶니? 그러려면 흥미롭게 살아야 하지.."

나는 착한 양처럼 고개를 끄덕였고 속으로 따라 말

나는 내가 하고 싶은 것은 다 할 수 있다 믿어.
미래는 아무도 모르는 일이지.

했다.

　'맞아. 흥미로운 사람이 되고 싶으면 흥미롭게 살아
야 해.'

나미브사막의 힘바 부족

쇠가시 같은 따가운 햇볕이 내리쬐고, 헬륨 풍선처럼 몸이 펑 터질 것처럼 무더운 9월의 아프리카 나미비아! 운이 좋게도 나미브사막 한가운데의 힘바 부족 마을에서 하룻밤을 보내게 되었다. 관광객들이 오지 않는 시간의 자연스러운 모습을 볼 수 있어서 가슴이 두근댔다.

힘바 부족의 마을에는 이웃을 나누는 담장도, 간편한 편의점도, 얽히고설킨 골목길도 없다. 진흙과 가축 배설물을 벽에 발라 건조시킨 집들은 끝없이 건조한 황무지에 돌멩이처럼 던져져 있다.

흙집의 자그마한 그늘 아래에는 여자들이 그들의 전통대로 가슴을 다 드러내놓고 앉아 있다. 붉은 돌을 갈아 우유 지방과 함께 섞어 만든 가루를 로션처럼 온몸에 바르고, 팔다리에는 타이어에서 떼어내 만든 고무 장식들을 보석처럼 주렁주렁 달았다. 피부를 짙은 붉은색으로 보이게 하는 오커Ocher 가루는 체온을 조절하고 강한 태양으로부터 피부를 보호한다. 결혼한 여자는 여러 갈래로 머리를 땋아 그 끝에 진흙을 이어붙였다. 그녀들은 사막의 시간이 흘러가는 것을 하염없이 바라본다.

반대로 아이들은 세상 어디나 똑같다. 1분이라도 가만히 있으면 큰일이라도 난다는 듯, 쉴 틈 없이 분주하다. 소꿉놀이용 플라스틱 그릇조차 하나 없지만, 친구들만 있으면 아이들은 즐겁다. 서로가 서로의 놀이터다.

노란 피부의 동양인이 나타나자, 짙은 갈색 피부의 힘바 꼬마 소년이 신기해하며 내 손을 만진다. 곧 팔도 만지기 시작한다. 그러더니 "어베웃네?"라고 이름을 묻는다. "다인." 그러자 꼬마는 활짝 웃더니, 신이 나서 내 손을 끌어당긴다. 꼬마 소년은 마을을 마구마구 뛰어다니며 다른 친구들에게 나를 소개시켜주었다. 그리고 어느새 나는 힘바 부족이 만든 장신구를 사며 사진을 찍는 관광객이 아니라, 힘바 부족에 섞여 관광객이 찍는 사진의 모델이 되고 말았다.

점심시간에 마을에서 유일하게 영어에 능통한 발레미나 언니의 흙집에 초대받았다. 얼기설기한 흙집 안에 텐트를 쳤다. 낡아서 다 떨어진 텐트 속에서는 아기가 울고 있었다. 언니는 마을의 다른 여자들과는 조금

힘바어 사전

1. 이름: 어베웃네
2. 어떻게 지내?: 무룽고남바디
3. 감사합니다: 오꾸헤빠
4. 잘있어요: 페리나와

달랐다. 마을 여인 중에서 유일하게 브래지어를 차고 있는 것이다! 언니는 자신을 마을의 배운 사람, 지식인으로 소개했다.

"난 교육을 받은 문명인으로서 옷을 다 벗고 다니는 것이 부끄러운 일이라고 생각해."

"언니는 학교에 다녔나요?"

"응. 나중에는 마을을 떠나 더 많은 교육을 받고 싶어."

발레미나 언니의 꿈은 교육을 받아서 힘바 부족에게 도움을 주는 것이다. 특히 아이들에게.

"언니는 힘바 부족이 아니라 문명화된 도시 사람으로 태어났으면 좋겠다고 바란 적은 없었어요?"

"음……. 아니, 그런 적은 없어. 내가 어디에서 태어났는가가 중요한 게 아니라 스스로의 삶을 어떻게 꾸려나가는지가 중요한 것 같아. 나는 지금 나의 삶이 가장 아름답다고 생각해."

뜻밖의 대답에 나는 많이 놀랐다.

언니는 친구가 되어 기쁘다며 초록색 팔찌를 내 손목에 걸어주었다. 나는 답례로 배낭에 있는 마지막 남은 버섯크림수프를 건넸다. 아껴 먹으려고 끝까지 남겨두었던 소중한 수프였다. 그래도 발레미나 언니가 맛있게 먹으면 좋겠다고 진심으로 바라면서 기꺼이 선물했다.

언니의 흙집을 나와서 얼마 후에 생각지도 못한 광경을 발견했다. 언니가 수프를 따서 마을의 여러 아이들과 나눠 먹고 있었다. 양이 많든 적든, 귀하든 귀하지 않든 모두 함께 나누며 행복해하는 그 모습에 가슴이 울컥했다. 언니를 대하는 힘바 부족 사람들의 태도도 놀라웠다. 그들은 언니를 당연한 공동체의 일원으로 받아들이고 있었다.

문명사회였다면, 멀리 갈 것도 없이 우리나라만 보더라도 혼자서 튀는 '별종'을 조용히 두고 보지만은 않았을 것이다. 괴롭히고, 무시하고, 냉소하고, 따돌렸을 게 분명하다. 문명화된 우리들은 힘바 부족보다 더 많은 것을 배우고, 더 많은 책을 읽고, 더 깊이 삶을 이해하려고 노력하지만, 브래지어도 제대로 걸치지 않은 힘바 부족보다도 다름을 인정하는 것에 서툴다. 세상은 개성이 중요하다고 말하지만, 아이러니하게도 일반적인 기준에서 벗어난 것들은 너무 쉽게 배척해버리니 말이다.

사람은 누구나 태어날 때부터 천재로 태어난다고 한다. 다만 사회가 만든 길로 우르르 달려가다 보니 순서가 생기고 차별이 만들어진다고 한다. 그러니까 저마다 자신의 방향으로 달려가면, 누구나 1등이 될 수 있는 것이다.

전기가 없는 나미브사막에 수많은 별이 반짝거리며 떠오르기 시작했다. 건조한 바위와 모래언덕도, 끝없이 펼쳐진 황량한 모래벌판도 어둠 속에서 쿨쿨 잠이 든다. 아프리카 사막의 밤, 나와 힘바 부족 아이들은 서로 손을 잡고 흙바닥에 앉았다. 하늘의 별과 서로의 얼굴을 바라보면서 우리는 새벽을 기다린다.

147

모래의 말

사하라사막, 사람들을 태운 낙타들은 긴 그림자를 드리우며 끝없는 모래밭을 걸어나간다. 바람이 거세졌다. 목에 걸친 스카프로 얼굴을 감싼다. 낙타는 스카프도 없이 푹푹 발이 빠지는 사하라의 이 모랫길을 묵묵히 걸어간다. 사하라에 붉은 양탄자가 깔리기 시작했다.

저녁을 지나 밤이 왔다. 사하라사막은 더 거대해진다. 검은 하늘 장막에는 소금처럼 하얀 별들이 매달려 있다. 그 아래에서 북을 치고 노래하는 사람들과 연주를 들으며 박수를 치는 사람들이 있다.

나는 톰 오빠에게 별자리를 감상하는 법을 배운다. 안드리아 언니에게 사막에 대한 멋진 감상평을 듣는다. 싸미에게 사랑하는 사람에게 고백을 해야겠다는 결심을 듣는다. 어느새 묻지도 않았는데 저마다 꿈을 말하며, 아이처럼 눈물방울을 떨어뜨린다. 그들이 떨군 투명한 꿈이 사하라에서 한 알 한 알의 모래로 변한다.

커다란 장막 안, 조촐한 잠자리에 누워서 모래의 말에 귀를 기울인다. 밤새 모래들이 낮게 떠드는 소리를 들었다. 아침에 눈을 떴는데 너무 푹 자서 내 방 침대로 돌아온 거 같았다.

AMERICA

04

우리는 결국
다 행복해진다

택시기사 롤란도 아저씨의 꿈

쿠바의 산타클라라. 고급스럽게도 택시를 잡아타고 레메디오스로 간다.

"땅! 공과 배트가 부딪치는 소리! 나는 늘 야구를 좋아했어."

택시기사 롤란도 아저씨가 말했다.

아저씨의 어릴 적 꿈은 쿠바의 여느 아이들처럼 야구 선수였다. 야구를 사랑하기 때문이기도 하지만, 외국에 나갈 수도 있고, 돈을 많이 벌기 때문이라고 말했다.

"나는 언제나 외국에 나가보고 싶었어. 쿠바는 정말 멋진 곳이지만, 외국 여행을 자유롭게 다녀보고 싶더라고."

지금 롤란도 아저씨는 관광객들을 상대로 택시 운전기사를 하고 있다. 다른 일보다 택시 운전기사를 하는 편이 훨씬 먹고살기 편하다고 했다. 이전에는 대학을 나와 엔지니어로 일했단다.

한참을 조용히 운전하던 롤란도 아저씨가 갑자기 자기한테는 야구 선수를 할 수 있는 기회가 없었다고 푸

153

념을 늘어놓았다.

"지금도 나는 야구 선수를 꿈꿔."

나는 깜짝 놀랐다. 아직도 야구 선수의 꿈을 버리지 않고 있다니…….

여행하는 동안 여러 나라 사람과 꿈 이야기를 나눴다. 대체로 서양인은 꿈을 말하면 하고 싶은 일에 대해서 말하고 동양인은 직업을 말하는 편이었다.

한국의 아이들은 연예인을 꿈꾸고, 쿠바의 아이들은 야구 선수를 꿈꾸고, 앞으로 갈 브라질 아이들은 축구 선수를 꿈꿀 것이다. 꿈꾸는 건 자유라고 하지만 나라와 환경에 따라 달라지기도 한다.

카리브해로 가는 닭장버스

쿠바 시엔푸에고스에서 란초 루나행 버스를 타기 위해 터미널로 갔다. 닫힌 대기실 문 앞에 사람들이 우르르 몰려 있다. 두근두근, 연예인을 기다리는 팬클럽의 심정이다. 알고 보니 버스에 앉아 가려고 의지를 불태우는 승객들이었다. 이들의 마음이 외치는 소리가 생생하게 들려온다.

'꼭 앉아서 가겠어!'

'이번만큼은 양보할 수 없다!'

'운전수 옆자리가 뷰는 최고지.'

닭장 버스가 덜컹덜컹 움직인다. 좁은 공간에 빽빽하게 들어찬 승객들은 버스가 흔들릴 때마다 놀란 닭처럼 이리저리 휩쓸린다. 작은 창문으로 지나가는 남미의 풍경을 감상할 여유 따위는 없다. 나는 1분마다 옆에 선 아저씨를 훔쳐보며 다짐한다.

'이 아저씨의 겨드랑이에 얼굴을 묻는 순간 끝이다! 앗!'

덜컹!

'……으아!'

뚫린 구멍 사이로 바람이 기분 좋게 살랑거린다. 높고 낮은 나무들, 시든 풀밭 위의 허름한 집, 뛰어노는 아이들의 시끄러운 고함, 날아가는 새와 짖는 개들. 쿠바의 시골 풍경들이 빠르게 지나간다.

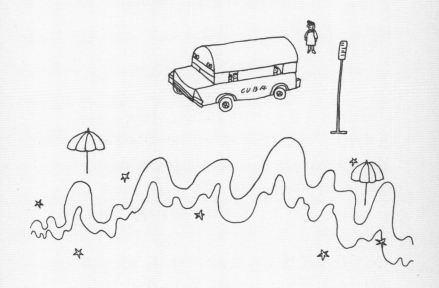

"흠흠흠~"

생애 첫 카리브해!

조용한 해변에 휘날리는 백색 모래들, 해안선을 따라 걷는 파도, 흥얼대는 콧노래도 모두 바람을 따라 푸른 대양으로 나아간다.

그러고 보니 앉아서 가든, 서서 가든, 쉬지 않고 가기만 하면 카리브해가 펼쳐진다.

꿈도 마찬가지다. 나만의 카리브해를 만나고 싶다면 절대로 포기하지 말아야 한다.

3년 뒤에 죽을 라파엘로 할아버지

어제처럼 오늘의 쿠바 트리니다드 거리에도 음악이 울려퍼진다. 내일도 그럴 것이다. 나는 공원에 서서 밀짚모자를 쓰고 체크무늬 셔츠를 맞춰 입은 4명의 악사들의 연주와 노래를 들었다. 각각 마라카스Maracas, 라틴 아메리카 음악에 사용되는 리듬 악기, 북, 기타, 나무판자를 악기로 연주했다.

음악을 듣는 건 진짜 멋진 일이다. 몸 안에서 챡챡 마라카스가, 둥둥탁 북소리가, 팅가팅가 기타소리가, 딱틱톡 나무판자가 흥겹게 뛰어논다.

"향후 5년의 꿈은 말을 사서 타고 다니는 거다."

공원의 초록색 벤치에 앉아 있던 라파엘로 올리비아 할아버지가 말했다.

"우와~! 멋지겠어요."

나는 진심으로 감탄했다. 돈키호테처럼 보일 수도 있을 할아버지를 떠올리면서!

"하지만 말을 살 돈이 없다. 그래서 그건 '임파서블'

이야."

"힘을 내세요. 돈이야 열심히 모으면 되죠!"

"안 돼. 나는 3년 뒤에 죽을 거니까."

"네? 죽는다고요?"

나는 내가 잘못 알아들었나 의아해서 손으로 목을 긋는 시늉을 했다. 라파엘로 할아버지가 힘차게 머리를 끄덕였다.

"3년 뒤에 죽을 거야. 그래서 지금부터 돈을 모아도 말을 못 사."

3년 뒤 자신이 하늘나라로 갈 거라고 예상하는 라파엘로 할아버지는 트리니다드에서 6킬로미터 떨어진 마을에서 태어나 자랐다.

"지금은 판매상이야. 망고, 담배, 커피, 바나나, 구아바 등을 팔지."

라파엘로 할아버지는 시가를 꺼내 성냥으로 불을 지폈다. 나는 말과 함께 있는 그의 모습을 그려서 선물했다. 라파엘로 할아버지는 미소를 지으며 그림을 내려다본 후, 셔츠 앞주머니에 넣었다. 그리고 시가를 다시 뻑뻑 피워댔다. 독한 연기가 안개처럼 퍼져나왔다.

"저기, 담배를 끊으면 앞으로 10년은 더 살 수 있지 않겠어요? 그러면 돈을 모아서 말도 살 수 있잖아요."

"……."

라파엘로 할아버지는 말을 잇지 못하고 먼 곳만 바라볼 뿐이었다.

노래와 춤이 팔짱을 꼈어요

　쿠바 트리니다드의 하루는 보렐 골목에서 왼쪽으로 돌면 나타나는 레스토랑의 북소리로 시작하고, 마요르 광장의 멋진 흑인 여인의 감미로운 노랫소리로 끝을 맺는다. 꿈과 삶을 나눌 수 없듯이 노래와 춤이 팔짱을 끼고 찰싹 달라붙어 놀러다닌다.

구름 속의 마추픽추

새벽부터 부랴부랴 기차를 탔다. 기차에서 내려서는 몇 시간의 산행을 시작했다.

드디어 마추픽추 앞에 우뚝 선 와이나픽추 봉우리를 오른다. 마추픽추를 한눈에 내려다보기 위해서다. 그런데 이런! 날씨가 좋지 않다. 차가운 비바람이 몰아치고 옷깃을 사정없이 펄럭이게 하는 강풍이 분다. 아래로 굴러떨어지지 않기 위해 고개를 숙이고 한걸음씩 내딛는다. 정상에 오르려는 순간, 조마조마하며 예상한 대로 사람들이 한탄하는 소리가 먹구름처럼 몰려온다.

정상.

짙은 구름에 가려진 마추픽추가 제대로 보이지가 않는다.

한참 동안 돌바닥에 앉아서 먹구름을 노려본다. 사실 마추픽추는 누구에게나 마추픽추다. 꿈은 누구에게나 꿈인 것처럼. 다르다면 꿈을 찾아가는 길이다.

내 꿈의 특별함은 꿈 자체가 아니라 꿈을 찾아가는 길이다. 나의 마추픽추는 구름 속에 있다. 그래서 다행이다. 아무도 가지지 못한 마추픽추를 가질 수 있어서.

두 눈을 부릅뜨고 먹구름 속 나만의 마추픽추와 인사를 한다.

30시간 버스 안의 성인聖人

에콰도르의 과야킬에서 페루의 리마까지 무려 30시간이 걸리는 버스를 탔다. 2명의 기사가 번갈아 운전하고, 승객의 편의를 도와주는 승무원도 있다.

크리스티안 오빠는 승무원이다. 검표를 하고, 도시락을 나르고, 운전기사와 손님의 심부름을 한다. 그는 버스 맨 앞의 화장실과 대기하는 기사가 쉬는 간이 의자 사이에 짐짝처럼 쪼그리고 앉아 있었다.

"올라Hola(안녕)."

"올라. 나는 영어를 거의 못해."

"괜찮아요. 나도 스페인어는 잘 못하니까."

"이 버스에는 매우 다양한 손님들이 탄단다."

"예. 그런 거 같아요. 나는 한국에서 왔어요."

버스 안을 둘러본다. 짐을 한 보따리 들고 고향으로 돌아가는 아주머니들, 마추픽추를 보러가는 금발에 키 큰 백인 배낭여행자들, 딸을 만나러 간다고 훌쩍이던 늙은 아저씨……. 사람도 각각, 사연도 각각이다.

"불편한 건 없니?"

"처음에는 오랜 시간 버스를 타는 게 힘들었어요. 지금은 익숙해졌고요. 앗, 오빠는 늘 이런 장시간 버스를 타고 다니는구나……."

"나는 상관없어. 참, 도시락은 어땠니?"

"아, 맞다! 정말 놀랐어요. 다른 버스 도시락과는 차원이 달랐어요."

흔들리는 차 안에서 배고픔을 이기기 위해 멀미를 참아가며 꾸역꾸역 먹었던 도시락이 생각나 잠시 우울해졌다.

"그뿐만이 아니에요. 남미를 여행하면서 맛봤던 모든 음식 중에서 이 버스 도시락의 소고기 요리가 가장 맛있었다니까요!"

나는 흥분해서 소리쳤다.

"헤헤, 고마워. 내가 만든 도시락이거든."

"정말이에요?"

"그래. 내 꿈은 요리사야."

크리스티안 오빠는 리마에서 태어나 쭉 그곳에서 살아왔다. 어릴 때부터 음식을 맛보고 만드는 것에 엄청난 흥분을 느꼈다. 지금은 셰프 시험 2단계에 머물고 있지만, 매일 더 높은 수준의 음식을 다루고, 새로운 음식을 개발하기 위해 노력 중이다.

"장거리 버스가 좋은 첫 번째 이유지. 버스를 타고

멀리 나아가 리마에서 볼 수 없는 여러 나라의 음식을 맛볼 수 있으니까."

크리스티안 오빠가 제일 좋아하는 음식은 중국과 일본 음식이다. 직접 만들어보기도 했다.

"한국 음식은 먹어본 적이 없어. 언젠가 꼭 먹어볼 거야. 다양한 나라의 음식을 맛보고 나의 음식 세계를 넓히고 싶으니까. 여러 음식을 맛보면 깨닫는 게 많거든. 예를 들어 페루에는 이노호Hinojo라고 부르는 풀잎을 넣은 차가 있는데, 그 풀잎이 아시아에서는 향신료로 쓰이더라니까. 깜짝 놀랐어."

"가장 잘하는 요리는 어떤 거예요?"

"음, 나는 페루 북부 음식들, 다양한 향신료를 이용해서 고기 요리를 만드는 것을 좋아해. 또 쌀과 유카'남미의 고구마라고도 불리는 뿌리식물를 이용한 음식도 자신 있어."

"정말 맛있을 거예요. 오빠 음식을 맛본 사람으로서 장담해요."

"언젠가는 아시아에 페루 음식 레스토랑을 차리고 싶어. 나는 페루 음식이 음식계의 새로운 장을 열어젖힐 거라고 확신해!"

"오빠는 꿈을 이룰 거예요! 이 버스가 쉬지 않고 달려서 결국에는 리마에 도착하는 것처럼요."

"맞아. 결국에는 리마에 도착하지!"

"그런데 장거리 버스가 좋은 두 번째 이유는 뭐예요?"

첫 번째 이유가 있으면, 두 번째 이유도 있을 게 분명하다.

"멀리 이동하는 이 버스를 타는 사람들은 아주 다양하단다."

"알고 있어요."

크리스트안 오빠는 잠시 숨을 골랐다. 그러더니 이렇게 말했다.

"내가 만든 음식으로 지치고 힘든 사람들의 입을 즐겁게 하고, 배를 따뜻하게 하는 거야."

내게는 그 말이 성인聖人의 말처럼 멋지게 들렸다.

피삭마을 사람들

페루 쿠스코의 피삭마을은 선線이 참 아름다운 곳이다. 계단식 논밭으로 둘러싸인 잉카인들의 옛집, 마을 앞에 펼쳐진 협곡, 멀리 산과 산의 경계까지 한순간 한순간 감탄사가 터져나온다.

화려한 원주민 복장의 아이들이 다가온다. 한 아이는 토끼를, 다른 아이는 새끼 양을 품에 안고 있다.

"같이 기념사진 찍어요."

함께 사진을 찍고 아이들이 파는 팔찌를 샀다.

멀리서 전통 의상을 입은 할머니가 굽은 허리를 손으로 감싸고 허둥지둥 달려온다.

"나도 같이 찍으면 안 될까?"

언제부터일까? 자신의 정체성을 지키고 살기 어려운 세상이 되었다. 휘둥그레질 정도로 빠르게 변화하는 세상에 적응하지 못하면 패자가 되고, 그렇게 자신만이 지닌 것을 잃어버린다.

"그래요. 마침 목걸이도 하나 필요했어요. 무게가 안 나가니까 나중에 친구한테 선물로 주면 좋아할 거예요."

함께 사진을 찍으며 할머니의 오래된 얼굴과 쭈글쭈글한 손을 몰래 본다. 화려한 전통 의상이나 전통 디자인의 팔찌, 목걸이보다 할머니의

얼굴과 손이 더 특별하게 마음의 카메라에 찍힌다. 전통은 옷으로 입거나 물건으로 만들 때가 아니라 삶에 녹아 있을 때 아름답다. 특별한 것이 아니라 있는 그대로의 자연스러움을 전통이라 부른다.

여행을 하는 도중 작은 꿈이 여러 개 생겼다. 그중 하나가 세상의 오래된 것들을 그림으로 남기는 것이다. 이렇게 하루하루 꿈이 쌓여간다. 내 주머니를 탈탈 털면 돈 대신 꿈이 쏟아지겠다. 도둑맞지 않도록 잘 지켜야겠다.

이네스와 이네스 인형

"멕시코를 가보지 않았다고요? 그렇다면 지금까지 헛살았군요. 당신이 7살 때 신발을 잃어버렸다면, 또 10살 무렵 처음 딸기를 맛봤다면 그건 다 멕시코에 가기 위해서였을 거예요. 신발을 몇 살 때 잃어버리고 딸기를 몇 살 때 맛봤다고 해도 역시 멕시코에 상륙하기 위한 과정이었다고요."

그렇게 혼자서 떠들면서 한 달 간 멕시코의 산과 들과 강과 도시를 돌아다닌다. 그동안 머릿속을 차지했던 유럽 거리들이 사라지고 멕시코의 길들이 자리를 잡는다. 또 유럽인 대신 작은 키에 갈색 얼굴, 뚜렷한 이목구비의 멕시코 사람들이 자리를 잡는다. 멕시코는 혼혈인의 비율이 80%나 된다.

대부분의 주민이 원주민인 가장 가난한 치아파스주의 주도州都 산크리스토발은 특히 마음에 들었다. 상자 속 초콜릿 중 제일 매력적이다. 세월의 더께가 앉은,

회색들로 가득한 소칼로 광장에 앉았다.

샛노란 과달루페성당을 중심으로 여러 갈래로 뻗은 골목에는 값싼 카페들이 즐비하다. 산으로 둘러싸인 고지대인 산크리스토발은 햇볕은 강렬하지만 바람은 쌀쌀해 사람들은 긴팔을 입고 있다. 그늘 아래 야외 테라스에서는 다른 도시에서 온 관광객 커플이 음악으로 마음을 나누고 있다. 낙천적인 얼굴의 남자는 기타를 치고, 선글라스를 쓴 곱슬머리 여자는 커피를 홀짝이며 노래를 흥얼거린다.

그때, 얼굴에 거뭇거뭇 흙이 묻은 7살쯤 보이는 여자아이가 나타났다. 한 손에는 손수 실을 엮어 만든 여러 색의 끈을 쥐고 있다. 다른 손에는 커다란 보따리를 들고 있다. 강아지처럼 뒤를 졸졸 따르는 5살 무렵의 여동생을 챙겨줄 손 따위는 없다. 여자아이는 보따리를 땅에 놓고 매듭을 풀었다. 직접 만든 인형과 기다란 실로 만든 팔찌와 머리끈과 허리끈 등이 나타난다. 특별하지도 세련되지도 않은 평범하기 짝이 없는 물건들이다. 연인들이 고개를 젓자 여자아이는 다시 보따리를 묶어들고 일어선다. 동생이 잰걸음으로 투정도 부리지 않고 언니를 따라간다. 한참을 돌아다니던 여자아이와 동생은 그만 지쳤는지 보도블록에 앉아서 한숨을 쉰다.

다음 날. 소칼로광장에 앉았는데 다시 여자아이가 나타났다. 오늘은 여동생이 보이지 않았다. 내 체구의 반도 안 되어 보이는 소녀는 대신 자기 몸만 한 아코디언을 가지고 왔다. 작은 투명 플라스틱 컵을 옆에 두고, 아코디언을 연주한다. 7살이지만 연주가 훌륭하다. 시간이 흘러간다. 30분이 흐르고, 1시간이 흐른다. 그래도 소녀는 자리를 뜨지 않고 보도블록에 앉아서 계속 연주를 한다. 동생은 아픈 걸까? 오늘은 실 팔찌를 몇 개나 팔았을까? 가족은 있나? 별의별 생각이 다 든다.

"너, 이름이 뭐야?"

나는 손바닥 크기의 투박한 인형을 골라들며 말했다.

"이네스요."

용케 알아듣고 이네스가 대답했다.

"좋아. 이 인형에다 이네스라고 이름을 붙여야겠다."

나는 인형을 가리키고 팔다리를 휘저으며 설명한다.

"이 이네스 인형은 나랑 여행을 다닐 거야. 그리고 여행이 끝나면 한국의 우리집, 내 책상에 놓일 거야."

"와아~"

이네스가 얼굴을 활짝 펴면서 놀라워하더니 제 아코디언을 쓰다듬으며 묻는다.

"언니는 이름이 뭐예요?"

그날 밤 숙소에서 말이 통하지 않아 묻지 못한 이네스의 꿈을 생각했다. 이네스의 꿈을 이것저것 생각하다 보니 이네스와 친한 사이가 된 것 같았다.

꿈을 알지 못하는 가족이나 친구들의 꿈을 하나하나 상상해본다. 그럴수록 더 가까워졌다.

이카사막과 꿈꾸는 순간들

페루의 이카사막은 거대한 모래의 세계다.

눈을 감고 사막의 소리를 듣는다.

바람에 날린 모래알이 뺨에 부딪치는 소리, 웅성대는 사람들이 멀어져가는 소리, 타박거리는 낙타의 발소리, 쏴아아 모래가 바람을 타고 모래언덕 능선을 넘어가는 소리…….

모래언덕 위로 탁 트인 파란 하늘을 감상하면서 여행 중에 만났던 사람들을 생각한다.

이상한 일이다. 꿈을 이루게 되면 행복해질 거라고 말하는 사람은 없었다. 대신 최선을 말했다. 하루하루 만족스러운 뿌듯함을 소유하려고 했다. 꿈을 이뤄가는 순간들을 바랐다. 행복은 꿈이 아니라, 꿈꾸는 순간들이다.

눈을 감고 집중을 하니까, 구름이 모래언덕에 그림자를 만들며 넘어가는 소리까지 잘 들린다.

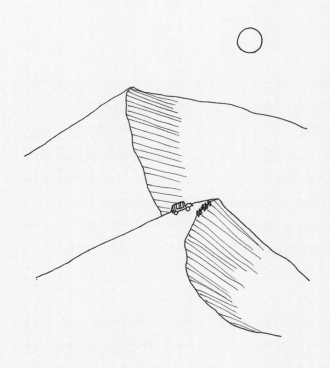

꿈을 찾는 것이 꿈인 남자

멕시코 오토바이맨

멕시코 툭스틀라구트헤레스. 공항에서 노숙을 하려
다 공항 노숙은 나름 색다른 경험이다, 시내에 게스트하우스를 잡았
다. 공항 노숙과는 비교도 안 되는, 따뜻한 물도 콸콸
터져나오는 안락한 숙소다. 샤워를 하고 깨끗한 낡은
옷을 갈아입고 공용 거실로 나갔다. 회색 소파와 원목
테이블로 차분하게 꾸며진 거실에 30대 초반의 남자가
가이드북을 뚫어지게 보고 있었다. 꼭 가이드북이 무
너뜨려야 하는 거대한 성이라도 되는 것 같았다.

"안녕하세요?"

"안녕!"

캐나다 사람 앤드루 오빠는 오토바이를 타고 캐나
다에서 시작해 아메리카 대륙 최남단으로 1년 동안
여행 중이다.

"나는 내 삶의 의미를 찾고 싶어. 내 꿈을 말이야. 지
금까지 여러 일을 하면서 방황하다가 고민 끝에 여행
을 떠났어. 체 게바라가 중남미의 현실을 살펴보기 위

해 여행했다면, 나는 꿈을 찾아서 여행을 떠났지."

"멋지고 낭만적이에요! 그런데 아메리카의 끝인 칠레에서는 해답을 찾을 수 있을까요?"

"그건 모르는 거야. 내 꿈을 칠레에서 찾을지, 아니면 다른 곳에서 찾거나 영영 찾을 수 없을지는. 다만 이 선택을 후회하지는 않을 것 같아."

오빠는 손을 내밀어 나와 악수를 하더니, 다시 가이드북 탐구에 들어갔다. 힐끔힐끔 그를 훔쳐보면서 꿈을 찾아가는 것이 그의 꿈 같다는 생각을 했다. 어쩌면 지금 그는 이미 꿈을 이루고 있는지도 모른다.

"할말이 있니?"

내가 훔쳐보는 걸 느낀 앤드루 오빠가 물었다.

"아뇨. 헤."

나는 머리를 저었다. 꿈을 찾는 건 그의 몫이니까.

코카콜라여, 영혼을 치유하소서!

멕시코의 산크리스토발. 하루하루가 낭만이 철썩철썩 파도치는 순간들이다. 이른 아침의 도미토리, 벙크 베드에서 눈을 뜬다.

같은 방의 사람들과 즐거운 인사를 나눈 후 게스트하우스를 나선다. 벌써부터 후덥지근한 햇볕을 피해 배낭여행자들의 최고의 쉼터, 차가운 대리석 교회를 찾아간다. 교회의 한중간에 퍼질러 앉아서 콧노래를 흥얼대며 그림을 그린다.

그러다 보면 밤이 오고, 광장은 악사들의 악기 소리와 노랫소리로 물든다. 연인의 속삭임, 가족들의 웃음소리, 친구들끼리의 장난······. 매일 밤 침대에 누우면 낭만의 바다에서 유유히 배영을 하는 기분이다.

산크리스토발에서 차물라마을로 가는 버스를 탔다. 차물라에 도착하자마자 산후안교회로 향한다. 원주민의 비율이 가장 높은 차물라의 산후안교회에서는 마야의 고유 신앙과 스페인 지배로 들어온 가톨릭이 융합한 독특한 종교의식을 볼 수 있다. 마을 사람들이 신께 기도를 하며 사용하는 것은 정화 의식을 위한 초와 닭, 그리고 놀랍게도 코카콜라이다! 차물라 사람들은 코카콜라에서 보글보글 올라오는 기포가 영적인 치료 능력이 있다고 믿는다.

교회의 새하얀 문은 자수를 놓듯 아기자기하게 꾸며져 있다. 교회 안에는 사람들이 믿음의 상징인 코카콜라와 촛불을 끝없이 배열해놓았다. 그러고는 저마다 자신만의 소원을 품고 기도를 한다. 그들은 어느새 스페인어를 벗고, 그들 전통의 초칠어Tzotzil, 마야어를 쉼없이 읊조리고 있다.

양 갈래로 머리를 땋은 아주머니의 소원은 가정의 평화와 딸의 병이 나아 예전처럼 행복하게 생활하는 것이다. 아주머니는 자기 앞의 제단에 새 코카콜라 1병을 바치고, 2개의 촛불을 켜고, 발이 묶여 버둥거리는 생닭을 바구니에 넣었다. 기도를 올린다. 사람은 정말 간절하면 무엇이든 믿게 되는 모양이다.

딸아이가 아프지 않을 수만 있다면 콜라 열매로 만든 탄산맛 음료수가 영혼을 치료한다고 믿는 게 엄마다. 코카콜라면 어떻고, 환타면 어떤가? 자식을 위해서는 무엇이든 할 수 있고, 믿을 수 있다. 그것이 부모님인가 보다.

코카콜라 1병,

2개의 촛불,

버둥거리는 생닭,

그리고⋯⋯ 간절한 기도.

철창을 빠져나온 은밀하고 조용한 쥐
마쓰다 언니

멕시코의 오악사카. 낡고 자그마한 호스텔을 은밀하게 돌아다니는 마쓰다 언니는 작은 쥐 같았다. 아담한 체구에 앞머리를 커튼처럼 쳤고 행동이 조심스러웠다. 볼 때마다 어딘가 비밀스러운 구석이 있었다.

"나는 일본 니가타 출신이야. 대학에 가는 대신 일과 여행을 선택했지. 부모님이 매우 걱정하셨어. 하지만 내 인생은 내가 결정해야 하는 거니까. 카페에서도 일하고, 주방에서 요리사도 했어. 태국과 인도 같은 아시아 음식을 만들었지. 틈틈이 여행도 하고 말이야. 그리고 10년 만에 아예 직장을 관둬버렸어. 대학을 가지 않겠다고 했을 때도, 또 직장을 그만뒀을 때도 부모님은 땅이 꺼진 것처럼 까무러쳤단다. 일본은 정해진 구조대로 따라가야 되거든. 후후, 그러나 난 아니야. 그래서 난 일본에서는 약간 이상한 사람 부류에 포함되었지. ……어릴 때부터 나는 '나'라는 존재에 대해 깊이 고민하고 질문을 던졌어. 그리고 언제부터인가 바다 건

너 외국에서 살아보고 싶었어. 얼마 전에는 캐나다에서 1년간 워킹 홀리데이를 하며 지냈지. 여행을 좋아하는 나는 구조를 박차고 나오는 사람이거든⋯⋯."

말문이 트이는 순간, 마쓰다 언니의 몸안에서 숨어 있던 목소리들이 터져나왔다.

"잠, 잠깐만요. 너무 능숙하다고요."

"응?"

"은밀하고 조용한 쥐가 너무 발랄하잖아요!"

마쓰다 언니가 어렸을 때의 일본은 지금보다 대학이란 타이틀이 훨씬 중요했다고 한다. 그래서 그녀도 고등학교 때까지 남들이 칭송하는 대학에 가기 위해 정말 열심히 공부했다. 그러던 어느 날 지구가 둥글다는 걸 발견한 한 철학자 겸 과학자 겸 물리학자 겸 천문학자처럼 생각했다.

'왜 내가 남의 시선을 신경써야 하는 거지? 어차피 내가 죽으면 아무도 신경쓰지 않을 거잖아! 학력도 직장도 돈도 죽을 때 가져갈 수는 없잖아! 오로지 나의 행복과 나의 경험만이 나의 죽음을 완성시킬 수 있다고!'

그런 다음, 마쓰다 언니는 자유롭게 날개를 펼치고 사람들이 가둬둔 철창에서 빠져나왔다.

"어릴 때 나는 꿈을 정말 찾고 싶었고 꼭 찾아야 한다는 강박이 있었는데 이제는 스스로를 옥죄지 않기로 했어. 꿈이 필요 없다는 건 절대 아니야. 내게는 꿈도 계속 변해가거든. 어릴 때의 나와 지금의 내가 다르듯이 말이야. 그리고 그게 자연스러운 것이란 걸 깨달았어. 그래서 좀 더 여유를 가지고 변함없이 내가 머물 수 있는, '꿈 중의 꿈'을 찾아보려고 해."

마쓰다 언니는 37일 동안 멕시코의 과달라하라, 과나후아토, 케레타로, 멕시코시티를 거쳐 여기 오악사카에 도착했다.

"나는 멕시코가 정말 좋아요."

"나도 정말 마음에 들어. 굉장히 화려하고 다채로운 색감을 가진 나라야. 사람들도 일본에 비해서 더 즐겁게 살고 있는 것 같아.

그때 우리 앞으로 벨기에의 젊은이들이 지나간다. 마쓰다 언니가 입을 꾹 다문다. 사람들이 가까이 오기만 하면 은밀하고 조용한 쥐로 돌변하나? 마쓰다 언니의 얼굴에 호기심이 가득하다. 가만 보니 모르는 사람들에게 호기심을 가지고 있는 것이다. 그러니까 철학자 겸 과학자 겸 물리학자 겸 천문학자 생쥐가 되는 것이다. 벨기에 여행자들이 점심식사에 대해 상의하며 떠나가자 마쓰다 언니는 다시 바빠진다.

"여행의 제일 좋은 점은 확실히 많은 사람들과 만날 수 있다는 점이야. 그중에서도 현지인들! 처음부터 나는 전혀 다른 삶을 살고 있는 수많은 나라의 현지인들과 얘기해보고 싶었어. 이것도 내 수많은 꿈 중의 하나였지!"

"그래요. 여행을 하다 보면 사람들의 다양한 삶을 만날 수 있어요. 그런데 언니는 혼란스러울 때 어떻게 해요?"

"아주 흔하지만 명쾌한 해결책을 가지고 있지, 후후."

"나도 알려줘요!"

"잘 들어."

꿀꺽, 긴장한 목구멍으로 침이 넘어갔다.

"혼란스러울 때는 말이야, 일기를 쓰면서 나 자신에게 질문을 던지는 거야. 혼자서 끄적거리며 글을 쓰다 보면 해답이 나타난다고."

'너무 뻔한 방법인데?'

그녀는 내 생각을 읽기라도 한 것처럼 말한다.

"쉽지만 정확한 방법이지."

만약 혼란스러운 사람을 만나면 마쓰다 언니의 방법을 말해줘야겠다고 다짐했다.

"언니는 10년쯤 뒤에 뭘 하고 싶어요?"

한참을 고민하던 마쓰다 언니는 입술을 열었다.

"음…… 글쎄? '여행하는 카페'는 어떨까? 여행과 사람을 좋아하니까 트럭을 사서 작은 카페로 꾸며 여러

"나는 꼭 전 세계를 여행하며
커피를 파는 카페를 운영하고 싶어."

나라를 돌아다니는 거야. 푸드 트럭처럼 말이야!"

이 책을 읽는 누군가가 여행길에서 철학자 겸 과학자 겸 물리학자 겸 천문학자인 조용하고 은밀한 생쥐가 운영하는 '여행하는 카페'를 본다면 나는 잘 지낸다는 소식을 전해주면 좋겠다. 또 이 말도 전해주면 좋겠다.

"마쓰다 언니, 언니는 행복과 경험으로 멋진 죽음을 완성시킬 거예요!"

이파네마의 소녀

브라질의 이파네마 해변.
파란 머리카락처럼 찰랑대는 바닷물,
저무는 햇살을 안고 투명해진 파라솔,
낡은 건물을 둘러싸고 발가락처럼 솟아오른 산들,
당나귀 모양의 구름,
발자국이 가득한 모래사장,
공중제비를 도는 꼬마,
달콤하게 흔들리는 걸음걸이의 소녀,
노래를 부르는 남자,
지나간 사랑을 떠올리는 여자.
무릎을 펴고 앉아서 바닷바람을 쐰다.
이파네마 해변에 노을이 지기 시작하자
누구나 꿈을 꾸기 시작하고,
어디서나 〈이파네마의 소녀〉가 흘러나온다.

레안드로 니콜라스 마르티네스 곤살레스가 묻는다!

브라질 파라티는 동화 속의 마을 같다. 울퉁불퉁한 돌길을 따라 낮고 하얀 집들이 어깨를 맞대며 이어진다.

파라티에 이상한 남자가 머물고 있다. 긴 생머리에 웃통을 벗고 볼품없는 가슴털을 내놓고 다니거나, 헤드셋을 끼고 접시에 놓인 콩 몇 개를 포크로 뒤적거리면서 하염없이 시간을 보내거나, 공용 화장실 욕조에 물도 받지 않은 채 드러누워 생각에 잠겨 있는 남자다. 혹은 낡아빠진 붉은색 반도네온을 둘도 없는 보물처럼 안고 다닌다. 그는 자신의 이름을 거창하게 읊었다.

"이 몸은 레안드로 니콜라스 마르티네스 곤살레스야."

레안드로는 아르헨티나 출신으로 밤이 오면 파라티의 바에서 반도네온을 연주하는 뮤지션이다.

"반도네온은 꼭 아코디언 같아요."

"아르헨티나의 아코디언이라고 할 수 있지. 탱고의 중심 악기야."

"반도네온을 좋아하게 된 이유가 있어요?"

"너, 레안드로 니콜라스 마르티네스 곤살레스가 묻는다! 한 사람이 한 사람을 사랑하는 이유가 뭘까? 또 음악가가 음악에 빠지는 이유는 뭘까? 멀리 떠나면 가족과 친구가 그리운 이유는? 물고기가 물에 사는 이유는?"

"뭘까요?"

레안드로는 입꼬리를 올리며 거만하게 웃었다.

"이유가 없는 게 이유야. 이유 없이 그냥 끌리는 거라고."

레안드로는 소년 시절 기타를 배웠다. 어느 날, 학교를 마치고 악기점을 지나가다 전시된 반도네온을 보았다.

"그 순간 운명적인 사랑에 빠졌지. 그때부터 반도네온이 나의 꿈이 된 거지. 음을 다 외우고 손가락으로 하나하나 짚는 악기라서 처음 배울 때는 정말 어려웠다고."

레안드로는 빛나는 자개가 붙은 골동품 반도네온을 쥐었다. 피아졸라의 〈리베르탱고Liber tango〉가 흘러나온다.

멋진 연주에 박수를 쳤다. 그는 분명 희한한 사람이지만 또한 골동품 반도네온을 사랑하는 멋진 사람이기도 하다.

하늘에서의 직업

아르헨티나 스카이다이빙

아르헨티나 부에노스아이레스.

경비행기는 지그재그 구름을 그리며 공기 계단을 밟고 하늘로 하늘로 올라간다. 스카이다이빙을 하기 위해서다. 하늘에서 뚝하고 떨어진다니……. 생각만으로도 간이 콩알만 해진다. 이렇게 졸아들다가는 마지막에는 나 대신 콩이 하늘에서 낙하산을 메고 떨어질지도 모르겠다.

"허공을 나는 것은 짜릿한 일이야! 매일 나는데도 늘 즐겁고 심장이 두근거리지."

카를로스 아저씨가 나를 다독이듯 말했다. 그는 스카이다이빙을 하는 관광객 뒤에서 함께 뛰어내리며 낙하산을 펴주고 카메라로 그들을 찍어주는 일을 한다.

"하늘에 일하는 직업을 가지고 있다는 건 정말 멋진 일이야. 어릴 때부터 꿈꿔왔고, 지금도 또 앞으로도 즐거운 일이니까."

"휴~ 그래도 엄청 무서워요. 심장이 멎을 거 같다니

까요.”

나는 경비행기 아래로 멀어지는 땅을 보면서 코를 홀쩍였다.

“나도 처음에는 무서웠단다. 하지만 뭐든 오랫동안 경험하다 보면 아무리 무서운 것도 즐길 수 있게 돼. 하늘을 비행하는 것부터 사람들이 두려움에 떠는 모습이나 허공에다 고함치는 모습까지! 가끔 소리치는 사람들의 침이 자꾸 얼굴에 튀겨서 짜증날 때가 있긴 하지만 말이야.”

“아!”

나는 무섭다고 생각하는 것은 낯설기 때문이란 걸 새삼 깨달았다. 우리가 누군가에게 혹은 무엇인가와 익숙해지거나 친해지려면 시간과 정성이 필요하다. 익숙해지는 과정이 필요한 것이다.

바다이구아나와 나란히 잠이 들었죠

산타크루스섬에 숙소를 얻은 후, 아름다운 해변 토르투가베이로 간다. 여러 동물들을 볼 수 있기 때문이다. 좁은 골목길 여기저기에서 토르투가베이로 향하는 사람들이 보인다. 강렬한 햇빛에 엄청난 습도. 나는 초코 아이스크림으로 중무장하고 본격적으로 걷는다. 피자집을 지나 발전소를 옆에 끼고 샛길로 올라간다.

총 4킬로미터, 1시간 30분 동안 땀을 뻘뻘 흘리며 찬란한 크리스털 같은 토르투가베이에 도착한다. 우왓! 눈이 부실 정도다. 상점의 간판도, 건

물도, 파라솔도 전혀 없는 깨끗한 해변에 바다이구아나들이 자유롭게 살아가고 있다. 쉬고 있는 갈매기와 저 멀리서 물장구를 치는 물개와도 인사를 한다. 때마침 바다이구아나들이 엉금엉금 나를 지나쳐 해변에서 멀어진다. 제각기 다른 깃발을 세우고 보물이 묻힌 장소를 찾아가는 해적들 같다.

나는 토르투가베이의 바다에서도 가장 사람이 없는 한적한 장소를 골라 수영을 한다.

찰팍 찰팍 찰팍

늠름한 바다이구아나 한 마리가 바로 옆을 지나간다. 너무 놀라 온몸이 굳어진다.

찰팍 찰팍 찰팍

찰팍 찰팍 찰팍

찰팍 찰팍 찰팍

곧이어 여러 마리의 바다이구아나가 물장구를 치면서 스쳐간다. 바다이구아나는 물속에서 아주 행복해 보인다. 문득 어디로 가는 걸까, 궁금해졌다. 정해진 목적지가 있을까?

찰팍 찰팍 찰팍

바다이구아나들 뒤를 몰래몰래 쫓아갔다. 바다이구아나들은 해변으로 올라가 나무숲으로 사라졌다.

찰팍 찰팍 찰팍

아쉬워하며 다른 바다이구아나를 미행한다.

새로운 바다이구아나는 은밀히 미행하는 나를 눈치채고, 힐끗 쳐다본다. 그러다 관심이 없는지 다시 헤엄쳐간다. 그런데 또 해변으로 올라가 숲으로 사라졌다.

'진짜 해적왕의 보물이 있나?'

나도 바다이구아나처럼 해변으로 올라가 숲으로 다가간다.

10마리 가량의 바다이구아나들이 숲 그늘에서 서로의 몸에 얼굴을 기대고 쉬고 있다. 보물은 없지만 서로 모여 어깨를 맞대고 꿈을 꾸는 것만으로도 숲은 거대한 보물선으로 변한다.

낯설고 징그러웠던 바다이구아나들이 어느새 친숙해졌다. 휴식을 즐기는 바다이구아나 옆에 밀짚모자로 햇빛을 가린 후 엎드려 눕는다. 조용히 바다이구아나들과 함께 잠에 빠진다. 같은 꿈을 꿀지도 모른다고 생각하면서.

붉은 구름과 비앙카 할머니와 파울로 할아버지

아르헨티나 푸에르토 이구아수에서 버스를 타고 국경을 넘고, 브라질 포스두 이구아수Foz do Iguaçu라는 마을에 이르러 버스를 갈아탄다. 버스에 버스, 또 버스. 살갗을 꿰뚫는 강렬한 브라질의 햇살과 엄청난 인파, 그리고 30킬로그램에 달하는 파란 배낭과 캐리어에 녹초가 되었다. 그래도 여행은 계속된다.

다시 장거리 버스, 새로운 저물녘이다. 통로 반대쪽으로 고개가 돌아간다. 비앙카 할머니와 파울로 할아버지 너머 창밖으로 지나가는 풍경이 너무 아름답다. 미묘하게 다른 붉은 구름들이 혼을 쏙 빼놓는다. 그때 갑자기 비앙카 할머니가 드르렁드르렁 코를 고는 파울로 할아버지를 마구 흔들어 깨운다.

"파울로, 잠만 쿨쿨 자지 말고 일어나봐요. 정말 예쁜 구름이라고요!"

귀여운 할머니다. 하지만 파울로 할아버지는 예쁜 구름을 보여주고 싶은 비앙카 할머니의 마음도 모르고, 힐끔 창밖을 보더니 다시 잠에 빠진다.

잠시 후. 할머니가 다시 할아버지를 흔든다. 이번에는 또 무슨 일일까?

"저 동양인 소녀가 지금 당신 몸에 가려서 구름을 볼 수가 없잖아요! 좀 비켜봐요! 멀리서 왔는데 당신 때문에 멋진 풍경을 놓치고 있잖아요."

"아하하! 아니에요 할머니. 전 괜찮아요."

하지만 할머니는 아무래도 괜찮지 않은 모양이다. 파울로 할아버지를 흔들어 깨우고, 커튼도 깨끗이 치운다. 느닷없이 잠을 깬 할아버지는 어깨를 으쓱하면서 내게 미소를 짓는다.

"비앙카 할머니랑 파울로 할아버지의 꿈은 뭐예요?"

"비앙카가 내 옆에서 오래오래 잔소리하는 거. 그리고 내가 먼저 하늘나라에 가는 거야."

조금도 망설이지 않고 파울로 할아버지가 대답했다.

그러자 비앙카 할머니는 솜털처럼 부드러운 미소를 짓는다.

"내 꿈은 파울로 옆에서 오랫동안 잔소리하는 거란다. 그리고 파울로를 먼저 하늘나라로 보내는 거지."

"구름 좀 봐요."

"정말 멋진 날이야."

어느새, 나의 구름 감상은 유행이 되었는지 비앙카 할머니와 파울로 할아버지가 서로에게 속삭인다. 브라질의 저물녘 구름만큼이나 두 분도 아름답다.

아름다움은 전염된다. 아름다움을 보다 보면 아름답고 싶고 또 그래서 아름다워진다.

가슴속에 꿈을 위한 오솔길을
만들었으면 좋겠어

콜롬비아 보고타. 산처럼 솟은 짙은 눈썹과 뒤로 단정히 묶은 머리, 흩날리는 잔머리가 아름다운 필라 언니는 16살 때부터 성공한 변호사가 되는 것이 꿈이었다. 그 꿈을 위해 지금은 대학에서 법학을 공부하고 있다.

"언니는 왜 법학에 관심을 가지게 되었어요?"

"나는 정의와 자유의 사상으로 무장한 사람이야. 법학을 공부하다니 나는 정말 행운아지. 아마 어떤 공부나 직업도 법학과 변호사만큼 내게 꼭 맞을 수는 없을 거니까. 그래서 하루하루가 행복해!"

"정의와 자유의 사상으로 무장했다고요? 정의는 너무 쉽지만 어려운 말이에요. 언니는 정의가 뭐라고 생각해요?"

"내게 정의란 모든 사람들이 정당한 자격을 누리는 거야. 더 나은 세상을 만들기 위해서는 다른 사람들이 내게 해줬으면 하는 행동을 똑같이 내가 타인에게 해

야 해. 정의롭게 말이지."

"정말 멋지네요!"

"나는 항상 열심히 공부했어. 늘 꿈을 마음속으로 되새겼지. 매 순간 최선을 다했어. 난 콜롬비아에서 가장 좋은 대학에 들어갔는데, 그건 내가 내 꿈에 투자한 시간들 덕분이야."

"열심히 하는 사람은 언제나 존경스러워요!"

"나는 사람들이 가슴속에 꿈을 위한 오솔길을 만들었으면 좋겠어. 아무도 가질 수 없는 나만의 오솔길을."

필라 언니는 따뜻하고 부드러운 목소리와 형용할 수 없을 만큼 강한 카리스마를 가졌다. 틀림없이 꿈에 대한 확신과 꿈을 이루기 위해 기울인 시간 때문이다.

자신을 이해하고, 자신의 가능성을 실현하는 사람
작가 스카이 언니

미국 텍사스주 오스틴에서 미네소타 출신의 스카이 언니를 만났다. 짧게 자른 시원한 머리에 헐렁한 티셔츠를 입은 그녀의 어릴 때 꿈은 작가였고, 그 꿈을 이뤘다.

"내 책《웨이킹 이브》는 논픽션인데 굉장히 혁명적이지만 읽기 쉬운 책이야. 지금은 두 번째 책의 5장을 쓰는 중이야. 첫 장을 쓰는 데 6개월이나 걸렸어. 학교에서 배운 글쓰기 스킬과 내 글쓰기는 달랐지만, 나는 내 스타일을 고집하며 오랜 시간 꾸준히 노력했지. 10살 때부터 매일 일기를 썼기 때문에 내가 생각하는 세상을 표현하기 좀 더 쉬웠어. 나는 세상이 나 스스로를 휘두르고 주무르게 두지 않았어. 그리고 내 권력을 나에게 행사해서 지금의 나 자신을 만들었지."

"언니는 스스로를 굉장히 자랑스러워하는 거 같아요."
나는 진심으로 감탄하며 말했다.

"아마 나에 대해 깊게 고민하고, 많이 공부했기 때문

일 거야. 세상을 또렷이 보려고 노력하고, 분명히 의사 표현을 하는 법을 배워나갔지. 나는 내가 스스로를 아는 사람이 되고 싶었거든. 피라미드로 따지자면 맨 밑이 가장 기본적인 의식주 같은 것을 해결하는 것이라면, 제일 꼭대기는 자신을 이해하고, 자신의 가능성을 실현하는 것이지. 그걸 위해 끊임없이 노력해서 나를 발전시키는 거야."

"진짜 대단해요! 세상의 불안한 사람들을 모두 언니한테 데려오고 싶어요."

"불안정해도 괜찮아요! 자신에게 부담감을 주지 말아요! 스스로를 믿지 못하는 사람들에게 말해주고 싶은 말이야. 최고의 지식과 지혜는 아무것도 모르는 것에서 시작해. 내가 나를 잘 모른다는 걸 인지하는 것 자체가 무지하지 않다는 뜻이야. 자기 자신에 대한 확신으로 가득 차있는 사람들이 진짜 무지한 거지. 거짓 통찰력을 가지고 더이상 질문을 하려고 들지 않으니까. 그렇게 무지해서 행복한 사람이 되는 거야. 그러니까 자신을 한계짓지 말고, 스스로에게 나는 이런 사람이다, 라고 꼬리표를 붙이지 마."

"언니는 꼭 현자나 수도자 같아요."

"하하. 난 옛날부터 자유로운 영혼이 되어 사람들과 새로운 장소를 탐험하고 싶다는 생각을 했어. 그래서 여행을 자주 했지. 그러다 어느 순간부터 부처와 요가에 관심이 생겨서 숲에서 살기도 했단다. 캘리포니아의 절에 들어가 불교 체험도 하고, 애리조나에서는 5주 동안 힌두교 체험도 했어. 내게 맞는 여러 가지 종교들을 시험해본 셈이지.”

“미국 사람인데 불교를 믿어요?”

“아니, 나는 도교를 믿고 있어!”

“네?”

“난 도교 신자야. 엄마가 16살 때 도교에 관한 책을 주셨고, 그 책이 내게 큰 영향을 미치게 되었지.”

도교를 믿는다고? 믿을 수가 없었다.

“세상에…… 도교라니…….”

“노자의 《도덕경》이란 책이야. 내 인생의 책이지!”

볼리비아 시골 버스의 원주민 부부

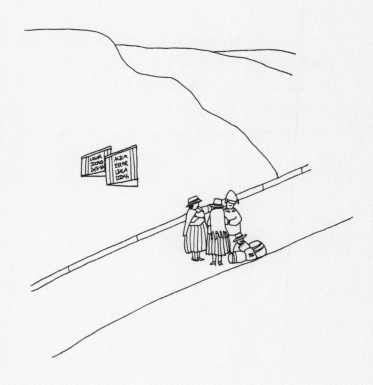

시골 버스는 볼리비아 산길을 딱정벌레처럼 느릿느릿 기어간다. 보슬보슬 내리기 시작한 비는 잠시 후에 후두둑후두둑 꽤 굵어져 차창을 두드린다.

산을 내려가던 시골 버스가 산중턱의 굽은 길 한중간에 멈춰 선다. 표지판도 간이역도 없는 곳이다. 여자친구와 싸워서 화가 난 알파카가 길을 막고 서서 탁탁 침을 뱉고 있을지도 모른다. 그렇다면 극단적인 선택을 하지 않도록 잘 달래주어야 한다. 그런데 그때 우산도 없이 머리에 쓴 모자만 비닐로 감싼 원주민 부부가 버스에 올라탄다. 아저씨는 작은 보자기를 들고 있다. 두 사람 모두 알파카와 닮지는 않았다.

'어디서 나타난 걸까?'

문득 궁금해져서 창밖을 보았다. 온통 비에 젖고 있는 산들뿐이다. 아무리 멀리까지 보아도 마을은커녕 집 한 채 보이지 않는다. 큰 도시에 볼일을 보러 가기 위해 원주민 부부는 골짜기 마을에서 몇 개의 산을 넘어온 것이다.

원주민 부부는 버스의 빈자리에 앉아서 모자를 벗는다. 등을 대고 낡은 의자에 폭 파묻힌 그들의 입가에 미소가 번진다. 기분 좋은 미소가 물결처럼 얼굴 전체로 퍼져나간다. 아마 방금 전까지 두 사람의 꿈은 이 버스를 놓치지 않고 꼭 타는 것이었던 모양이다. 그렇지 않았다면 저런 미소는 가질 수 없다. 다음 꿈은 '휘황찬란한 큰 도시에서 실수하지 않고 할 일을 마치기'일 테다. 그다음은 산골의 소박한 집으로 돌아가는 것일 테고.

매 순간 꿈을 꾸고 그 꿈을 이뤄나가는 행복을 안다면 서울이나 뉴욕의 한복판에서 살든, 볼리비아의 산골에서 살든 문제없다.

우유니사막의 이바나

해가 뜨지 않은 볼리비아의 새벽, 침대에서 뛰어내려 사륜 투어 자동차에 올라탔다. 우유니 소금사막으로 가기 위해서다.

1시간 가까이 달려가는데, 승객을 안내하는 앳된 얼굴의 이바나 언니가 24살이라고 나이를 밝혔다.

"거짓말이죠? 고등학생처럼 보여요."

"후후, 고마워. 우유니에 와서 관광업을 한 지 9개월밖에 되지 않았어. 내 고향은 여기서 12시간 버스를 타고 가야 하는 따리하라는 도시야."

저 멀리 우유니사막이 밝아오는 아침 속에서 신기루처럼 나타나고 있었다.

"내 계획은 관광업을 하면서 영어와 프랑스어 실력을 키우는 거야. 여기서는 세계의 많은 나라 사람들을 만날 수 있으니까. 게다가 돈도 벌 수 있고 말이야."

볼리비아 원주민인 이바나 언니의 꿈은 외국을 여행하며 다양한 문화의 사람들과 친구가 되는 것이다.

"미국이나 캐나다 같은 다른 아메리카 대륙의 나라

를 여행하고 싶어. 물론 내 조국 볼리비아를 사랑해. 코파카바나랑 우유니를 보면 행복하니까. 하지만 다른 곳도 봐야 하지 않겠어? 다음에는 한국이나 일본처럼 동아시아도 여행하고 싶어. 이곳과 문화가 너무 다르잖아. 그리고 다음에 여행할 나라는…….”

볼리비아도 가난하고, 이바나 언니도 가난하다. 하지만 좌절하지 않고 세계를 향해 한 걸음씩 나아간다.

차가 멈추고 우유니사막으로 들어간다. 신비하고 아름다운 우주 행성의 표면을 산책하는 기분이다. 저 멀리서 웃는 이바나 언니가 언젠가는 우주로 여행할 것 같다는 생각이 들었다.

그때가 되면 이바나 언니는 열심히 외계어를 공부하고, 화성행 우주선 탑승권을 구하기 위해 새벽부터 일하고 있을 게 분명하다.

신비로운 우유니사막에서 맞은 아침.
우리는 그렇게 좌절하지 않고
세계를 향해 한 걸음씩 나아간다.

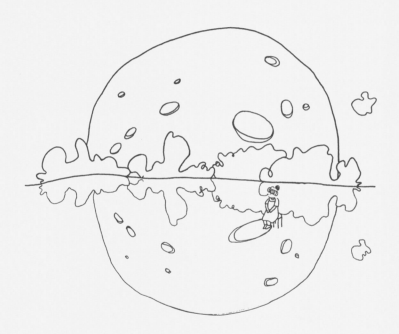

우리의 삶은 어쩌면 누군가가 바라는 그림

볼리비아 코파카바나섬.

어깨에 멘 배낭을 살며시 다리 옆에 내려놓고 눈앞에 펼쳐진 그림을 감상한다. 그림이 나를 완전히 다른 세계로 이끈다.

에메랄드빛 호수, 육지로 생필품을 나르는 배들, 배들이 만들어내는 작은 파도, 언덕에서 당나귀들의 등에 물건을 싣는 주인들, 흙으로 덮인 선착장에 길게 머리를 땋고 긴 치마를 두르고 선 여인들, 판초를 입고 페도라 모자를 쓴 남자들······. 어느 진회색 당나귀 등 위에는 콜라 한 박스와 식용유가 담긴 커다란 양철통과 보자기에 묶인 박스들이 쌓였다.

"이햐~!"

한 남자가 채찍으로 당나귀의 엉덩이를 내리친다. 그림들이 움직이기 시작한다. 깜짝 놀란 당나귀는 요리조리 골목길을 뛰어 제집으로 올라간다. 이어서 호수의 물결이 출렁이고 배가 고동치고 사람들이 쑥덕인다.

티티카카호수의 코파카바나섬은 '태양의 섬'이라고 부른다. 해발 3,810미터에 있는, 하늘에서 가장 가까운 호수다. 나는 새하얀 구름 위의 섬에 도착했다. 그리고 꿈처럼 그림의 일부가 되었다.

우리는 저마다의 땅에서, 집에서, 거리에서 누군가가 바라는 그림으로 살고 있는 것이다.

신이 꾸는 꿈

볼리비아 라파스에 얼기설기 설치된 케이블카들은 지상과 구름에 닿을 것 같은 달동네를 연결한다. 붉은 지붕의 단층집들이 지상에서 산등성이를 따라 벽지 무늬처럼 다닥다닥 붙어 있다.

"우렁차다, 우렁차!"

나는 케이블카 속에서 지상을 내려다보며 중얼거린다.

우렁찬 음악 소리가 케이블카까지 닿는다. 신에게 가족의 건강을 기원하는 축제 기간이다. 남자들은 술병이나 악기를 들고 몸을 흔들고, 여자들은 전통 의상 단체복을 맞춰 입고 살랑살랑 치마를 흔든다. 그 모습은 정말 '살랑살랑'이다.

저마다 가족의 안녕을 바라는 사람들은 매년 지정되는 한 집을 향해 행진한다. 그렇게 쉬지 않고 노래를 부르고 춤을 추면서 저절로 하나가 된다.

'하늘에서 내려다보는 신의 꿈은 이런 걸 거야. 모든 사람들이 하나의 가족이 되는 것.'

나는 또 한 번 중얼거린다.

"우렁차다, 우렁차!"

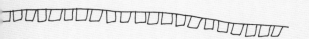

이 세상은 신이 꾸는 꿈 같다.
신은 좋은 꿈을 꾸고 싶을 것이다.
그러니까, 우리는 결국 다 행복해진다.

사는 게 쉽다면 아무도 꿈꾸지 않았을 거야

1판 1쇄 발행 2019년 11월 28일

글·그림 다인
펴 낸 이 신혜경
펴 낸 곳 마음의숲

대   표 권대웅
주   간 이효선
편   집 전태영
디 자 인 임정현 박기연
마 케 팅 노근수 허경아

출판등록 2006년 8월 1일(제2006-000159호)
주   소 서울시 마포구 와우산로30길 36 마음의숲빌딩(창전동 6-32)
전   화 (02) 322-3164~5 팩스 (02) 322-3166
이 메 일 maumsup@naver.com
인스타그램 @maumsup
용지 신승지류유통(주) 인쇄·제본 (주)에이치이피

©다인, 2019
ISBN 979-11-6285-048-0 (03810)